熱血誌

U0050803

天馬行空 破格創新

天行者出版
SKYWALKER PRESS

拳鋒交錯的距離

凌望 著

目錄

專心只做一件事

——《拳鋒交錯的距離》推薦序

武俠小說作家　喬靖夫

在這個社交、娛樂甚至閱讀都走向「碎片化」，標榜「多工」、「斜杠」的時代，專心仔細去做好一件事，好像越來越反潮流。

《拳鋒交錯的距離》給我的感覺，就是這樣一部作品。

它寫的主題很簡單：徒手的拳頭對拳頭，骨頭與血肉的戰鬥；而且把它寫到極致，將充滿動感的格鬥過程、對戰者的心理對抗以至擂台臨場感，巨細無遺地呈現出來。現在還有人寫這麼硬派的作品，單是對這份膽量，就該脫帽致敬。

在不明就裡的外行人眼中，拳擊格鬥只是兩個人野蠻地把拳頭互相撞在彼此身上；但是拳擊被暱稱為「甜美的科學」（Sweet Science），自有原因：它是結合人類力量、智慧和勇氣的最高體現，其技術和策略細節更是毫不簡單。當然，拳鬥還是具有野蠻的元素，但那是一種「精準的野蠻」，所以歷久仍受人尊崇。

凌望這部小說，將會把大家帶進如此矛盾又充滿魅力的拳擊世界。美麗的東西，總要帶一點殘酷。

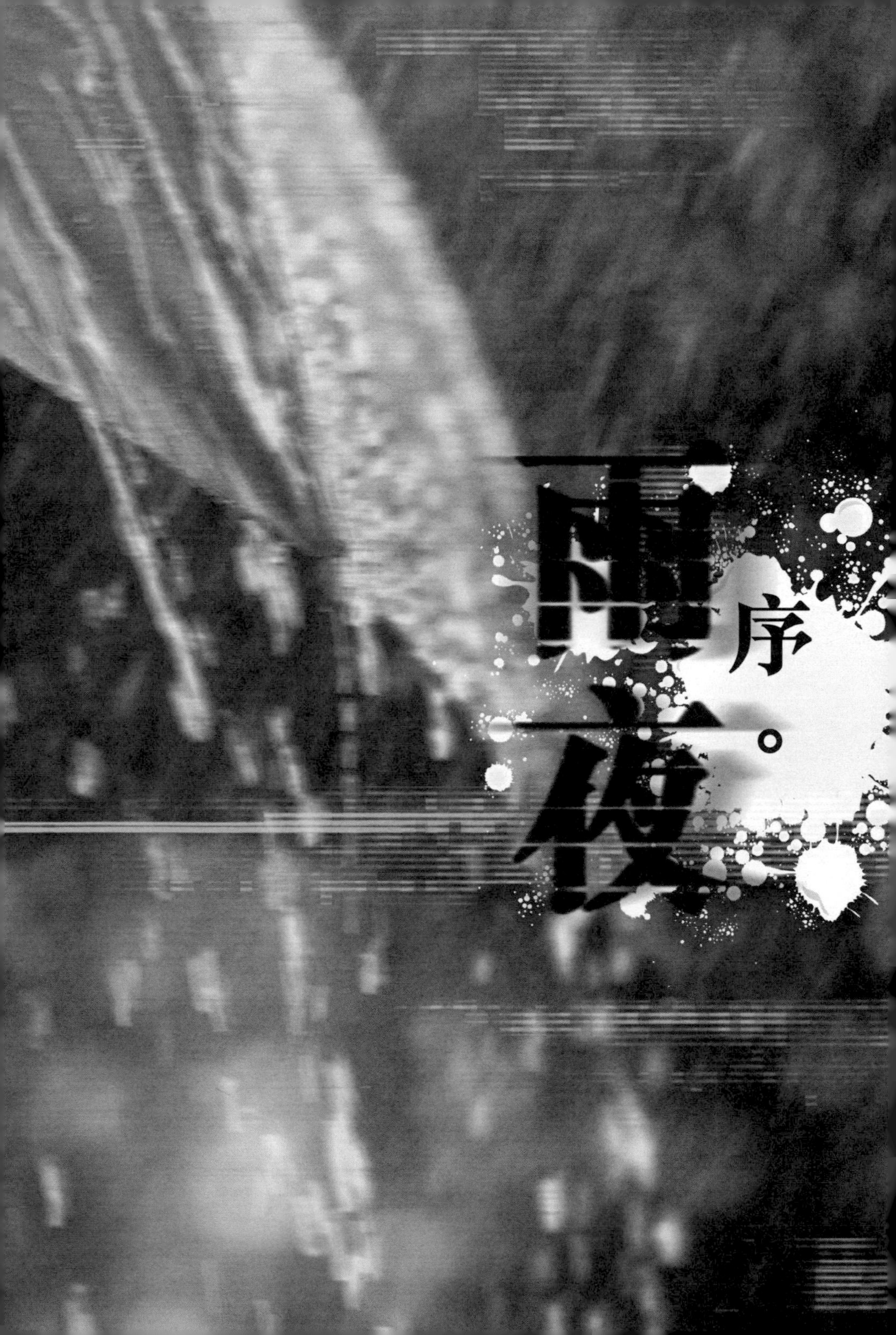

序。雨夜

序。雨夜

這裡的街道有一陣不怎麼令人愉快的氣味。

街道上充滿了積水，一旁的垃圾桶裡頭已經堆滿了垃圾，桶外頭也堆放著約有半個桶般高的垃圾和雜物，三幾隻蟑螂在上面大搖大擺地爬著。

垃圾堆裡頭甚麼都有，就是沒有紙皮。

原因顯而易見。

在街道旁邊，一個瘦瘦小小的駝背老太太捆好了堆放在手推車上的紙皮箱，在腳旁的一個水桶中舀了滿滿的一瓢水，小心地澆在紙箱上，濕了水的紙皮隱約地傳出一陣霉味。

街旁的小吃攤經已收拾得七七八八準備關店；裝過牛雜的盤子用熱水燙過，散發出一種像是內臟的腥臭，又像是飯盒重新翻熱後的鬱悶氣味。

而這一切的氣味混和著，予人一種難以言喻的不快。

這種氣味甚至沒有辦法用文字來具體地描述出來。

這只能說是一種和生命、朝氣等等美好事物正好相反的氣味。

讓人聯想起腐壞、死亡的氣味。

在這樣的街道之中，一個男人一隻手拿著兩個塑料袋，從外面的形狀看來，其中一個很明顯裝著盒飯，而另一隻手拎著一罐啤酒。

他隨意地往前走著，時不時往嘴裡灌一口啤酒，然後「呃！」地打出一個急速的酒嗝。

雖然已經時值黃昏，但應該也並未到適合在街道隨意地喝酒的時間。

他似乎是沒有醉的；在行走時他成功避開了馬路上攤開尼龍蓆兜售雜物的外籍大叔，又能夠刻意遠離行人路上穿著超低胸，但臉上的脂粉厚得幾乎要龜裂的中老年妓女。

但他並沒有成功走出意味著清醒的直線，而是走著彎彎曲曲的標準醉漢路線。

滴答。

好幾滴雨點滴答滴答的落下，然後連成一片密集的淅瀝淅瀝聲。

並沒有多少人發現烏雲伴隨著夜幕到來；雖然這雨並不算大，但澆在頭上的不快亦足以讓街上的途人連忙逃到帶著雨篷的行人路上。

但那個喝著酒的男人對此並不在意。

他只是抬頭望了望天，然後哼起了明顯地走調的小曲。

雨下得越來越大，但他半點想要走快點的意思都沒有。

不如說，他似乎在享受這場雨，走得好像更慢了。

答答答答。

一連串腳步踩在積水裡的聲響。

啪！

男人的右肩被人狠狠地推了一下。

一推之下，男人只是右肩輕輕地往前靠了靠，甚至連重心都沒有半點改變。

男人想要轉過頭之際，又是「答答」的兩記腳步聲。

左面？

男人皺眉。

右肩在後方被推，從右面轉身是再也正常不過的自然反應；但後方傳來的腳步聲竟是由左方傳來，讓男人不禁皺眉，然後打算從左面轉身過去。

正打算要轉身之際，他左手提著的塑膠袋突然受力被往外扯去。

男人瞬間反應過來，然後左手便猛地往上急提。

是一個小男孩。

帶著衝刺的一奪不成，小男孩在男子的大約兩步距離處好不容易才站定，然後急速地轉過身來。

……約莫十二、三歲？

男人盯著面前的小男孩看，眼裡有點狐疑。

那小男孩一頭髒亂的短髮，雖然不算很長，但結成一團一團的似乎很久沒有洗過，髮尾也像是狗啃過似的，大概是拿剪刀自己剪的。

他穿著灰灰黑黑的短上衣，那灰色不是很能分辨出到底本來就是灰的，還是白色的衣服髒到變灰的，身上也帶著一股難聞的臭味。

男人沒有講話，兩人只是站著，互相對視。

小男孩沒有答話，眼神顯得有點混亂。

能避開他這種搶東西的法子的人，他從來沒有遇到過。

他現在甚至不清楚自己該要逃，還是該怎麼樣。

但腹中的胃壁互相磨擦那種叫人難受的飢餓感讓他決定再拚一把。

他往男人的方向衝去。

男人抬起的手大概有兩個小男孩這麼高，男孩助跑大概是想要跳起。

但有點出乎男人的意料，小男孩沒有選擇起跳，反倒隨著前衝的動量壓低了身子。

然後小男孩的身影隱沒在男人右眼的漆黑之中。

已經過去快要半年了，但男人對失去右眼視力依然十分不習慣。

而且酒精和疏於鍛鍊也大大減慢了他的反應速度。

他邊低頭邊想往後退，但是已經晚了。

右方側腹處突然傳來一記讓人十分熟悉的銳痛。

這個小男孩一定很擅長打架。

男人心道。

以小男孩的身形而言，他這一拳重得異常，而打擊的位置亦正好瞄準了肝臟的位置。

不可能是湊巧的。

假如是一般人的話，大概已經倒了。

只是恰好這個男人，並不是一般人。

側腹硬吃了一拳，男人只是退了半步；但吃痛間右手無意識地放了下來，小男孩一把便將他手上的兩個袋子奪去，然後死命地逃跑。

男人呆在原地，搔搔頭似乎沒有追的打算；但突然之間似乎想起了某些事，一驚便急踏起步往前狂奔而去。

畢竟身形差距擺在那裡，小男孩大概逃不到一個街口，男人便已經快要追上了。

他試著伸手去抓，但小男孩的動作著實靈活，好幾次都抓不著；反而因為這些動作又被小男孩甩開了一點距離。

男人前望，再往前一點就是小攤零落的內街，這一手抓不住的話，躲進去的小男孩幾乎不可能抓得住。

男人一咬牙，橫手便向男孩的身軀掃去。

一掃之下小男孩直接雙足離地往後被拋飛，「呯」地摔到三 四步外的垃圾桶旁。

小男孩摔在幾個鬆軟的黑色大垃圾袋上，邊咳嗽邊掙扎著爬起身來。

小男孩這才看得清，這個拿著一罐啤酒邊走邊喝的，連走路都走不成直線的男人，絕對不是甚麼好欺負的對象。

被雨水所打濕的衣服緊緊地貼在男人的軀幹之上，雖然稍稍有一點因荒廢而帶來的鬆弛，但他身上依然帶著極為明顯的肌肉線條。

但他身上的肌肉看起來並不像是從健身房鍛鍊而來的那種平衡而飽滿的肌肉，而是尖削的，明顯為某種施力方式而特化的肌肉。

雖然有小心地瞄準過，但看到小男孩確實地摔落自己選擇的地方上，他也是暗暗地鬆了口氣。

自己的身體已經遲鈍成這個樣子了麼。

雖然只跑了一個多街口，但男人已經開始氣喘了起來；酒精和久違的運動引致的血液循環加速之下，他甚至有點腦門發白。

得把那個拿回來。

他喘著粗氣，往小男孩處走。

明明狠狠地挨了一記，但小男孩還是緊緊地捏著從男人處搶來的兩個塑料袋。

小男孩大概以為男人想要接著打他，他好不容易才站直，便立馬又雙拳緊握，咬著牙往男人處揮去。

但剛才得手也是乘了男人鬆懈和蒙到右眼的死角，現下男人緊盯著他，自然不可能這麼容易得手。

男人隨手一撥便架開了小男孩的拳頭，然後又將他推倒在垃圾袋上面。

不知道小男孩從那裡學來的，但他揮拳時的動作，是拳擊的動作。

雙腿分前後，雙手握拳，右手揮拳的時候左手在下頷之下。

男人不禁無名火起。

「這是甚麼軟綿綿的拳頭。」他的語氣帶著明顯的惱怒：「揮拳的時候要把腋下夾緊、後背微曲、用腰間的旋轉把拳頭推出去！」

在暖黃色的街燈之下，雨水的顆粒折射了光線之後變得清淅可見。

在綿密的雨點之中，他的拳頭快得如同劃破了雨幕一般。

拳鋒所及，碩大的雨滴被轟成無數的雨粉。

基礎的、正確的、完美的左刺拳。

但在小男孩的眼中，這一拳如同魔法。

男人也不知道自己為什麼要向這個小孩較真，在這裡示範甚麼鬼直拳。

他也不知道為什麼自己心裡突然無名火起，是因為他還想要揮拳、還是他再也不想要揮拳了呢？

小男孩自然不會理解他的心理活動，他只是一骨碌地站起來，直接便道：「教我。」

「吓？」男人沒有預期小男孩會有這樣的反應。

小男孩的眼神裡煥發著光彩，就像是看到心愛的玩具似的。

「這個。」小男孩輕輕弓起腰，學著剛才男人的示範，揮拳。

雖然幼嫩，但他的確抓到了他剛才沒有的腰間旋轉。

「教我。」揮拳之後，小男孩又緊盯著中年男人，重複道。

一。擂台

Rocky的「Gonna Fly Now」，在擂台旁的喇叭裡播出，因為喇叭是便宜貨的關係，樂器聲幾乎都是糊作一團的。

拳擊手在實戰訓練時，一般都會將音樂剪成正好三分鐘的長度；這樣就可以不必分神看時鐘，又能大概知道時間的流逝。

雖然「Gonna Fly Now」實際上並不怎麼適合這種用途，畢竟它的旋律聽起來重複性實在相當高，並不如某些曲目，能夠輕鬆地分辨目前在曲子的哪一段。

可是每一個拳館——甚至不用加「幾乎」二字在前頭——都會用這首歌作為其中一首訓練音樂。

而在旁邊的擂台上，兩個分別帶著紅藍色拳套的男子來來往往地交換著攻勢。

藍色拳套的一方看起來明顯比較年輕，但背上早已全部被汗水所浸濕，呼吸亦已經略見急促。

反觀紅色拳套這一方，雖然臉龐略見風霜、頭髮也帶些許斑白，但他發汗遠沒有藍方嚴重，呼吸也明顯平緩得多。

在音樂激昂的旋律中，兀然地出現了「滴滴滴」三響，那意味著一回合的三分鐘，只剩下最後的十五秒。

兩人聽見那三響之後，同時深吸了一口氣，展開最後一回合的攻防。

藍色拳套一方知道自己的體力已經不足夠支持自己在最後這一回合主攻，於是決定再往後急退了一步，背脊直接倚著擂台的繩角，曲著身子，雙手標準地保護著自己的頭顎。

再撐十三秒就好。

他後退的同時，分神看了看懸在牆壁的電子鐘，鮮紅的數字在他往後急退之間，又無聲無息地跳了兩次。

帶著紅色拳套立於他面前的，正是當年那個向小男孩示範揮拳的中年男人。

而他，自然就是當年那個垢面蓬頭的小男孩。

相較當年，不再年輕的中年男人雖然添了不少歲月的痕跡，但其肉體經已沒有了當時那種鬆弛的感覺，目光也帶著銳利的精芒。

那一天的後來，馬頭——也就是那個中年男人，將那個髒兮兮的，名喚鄭護的小鬼收為徒弟。

經歷了身體成長得最劇烈的數年，鄭護本來就不矮的個子幾乎像是被扯長了一樣，本來不到馬頭胸口的個子，現在已經比他高出了不少，護在頭臉前的手臂更是長得出奇。

看到徒弟向著電子鐘那沒出息的一瞥，馬頭打消了本來想放他一馬的念頭，再往前踏了一步準備揮拳。

他的左足足尖用力點在略帶彈性的布製地蓆上，發出了「啪」的脆響，然後左足尖順時針方向往內一旋，推動左面身子，帶動左拳便往鄭護的下顎處刺去。

專注於防守的鄭護眼見師傅的直拳將至，用作防護的雙手肌肉也不自覺地繃緊了許多；而這有時候是很致命的——尤其在近身戰的時候。

搏擊運動所追求的，很多時候都與人類天賦的本能背道而馳；例如面對高速地往自己揮來的拳頭時不可以眨眼，就是其中一樣最簡單易懂的例子。

而緊張的時候將自己的肌肉繃緊也是人類自然不過的本能反應，但繃緊的肌肉同時意味著動作之間的切換會大大減慢，而這一切正在師傅的計算之內。

面對揮來的拳頭，在長年累月的訓練之下，正確的防禦動作早已變得有如反射一般，但鄭護在接下拳頭的一剎那間，立馬便心知不妙，畢竟這拳……實在太輕了。

事態發展至此，一切已成定局。

鄭護肌肉繃緊之下，腰腹處完全中門大開，懸於頭顎處的雙手根本不可能來得及回防。師傅露出了淺淺的微笑，腹肌一捲，沒有揮出全力的左拳瞬間便扯回了左側，已往內旋的足尖順勢牽著左半邊身子往下一沉，就像一張拉滿了的長弓。

弓如滿月，箭如流星。

帶著赤紅色拳套的左拳以比剛才快上兩三倍的速度往鄭護的側腹處揮去，幾乎化成一道赤色的殘影。

既然來不及防禦——

拳頭及腹之際，鄭護拚盡全力呼氣，發出「噝——」的鳴響聲。

用力一呼之下，鄭護肺部裡的空氣淨空了大半；橫膈膜往上升之際牽動著腰腹處的肌肉往內收縮，好盡量卸去這一拳的打擊力。

即使身心已經準備好，拳頭及體仍是會帶來難以忍受的巨痛。

師傅的拳頭狠狠地擊中橫膈膜處，痛楚之下鄭護幾乎無法呼吸。

幾乎淨空的肺部熱烈地渴求著新鮮空氣，但橫膈膜幾乎完全無法響應鄭護的吸氣動作而正確地升降；就像是四圍的空氣被凝固了似的。

但這輪攻防仍未完結——一擊命中，師傅潛藏已久的右拳便又往鄭護下巴處揚去。

鄭護側腹處中拳，身體自然會不由自主地像是蝦米般往內弓，這時俯前的頭部正是絕佳的攻擊目標。

但鄭護側腹被擊中之際，眼神並沒有半點慌亂，只是立馬右拳往下一沉，然後往馬頭下巴處挑去。

兩敗俱傷絕對比單方面捱打好——再也簡單不過的道理。

馬頭明顯讀懂了鄭護的意圖，眼裡帶著明顯的讚許。

這種從死地中無意識地尋找勝機的直覺是沒辦法以鍛鍊獲得的，只能源自與生俱來的野性。

面對鄭護想要兩敗俱傷的一擊，馬頭卻沒有半點收拳的打算，肩胛處用力一押之下，拳速又再快了幾分。

兩人的下一著幾乎同時而發，在擂台上揚起了紅藍二色的流光。

「噹噹噹——」電光石火的一瞬，擂台旁的喇叭傳來明顯帶著廉價電子音的鐘響，示意著這回合告一段落。

而兩人的拳頭在鐘響的刹那間，如同時間被暫停一樣凝固在原地。

兩方的拳頭都離對方的下巴不到兩公分。

「休息一回合。」師傅看一看鐘，轉過頭便拉開擂台旁的繩子，離開了擂台。

鄭護小心地調整著呼吸，刻意延長呼吸之下，橫膈膜處一跳一跳的痛楚也慢慢地和緩了許多。

「老了、老了。」師傅漸漸步下擂台，脫下拳套隨便往外一甩，說道。

好不容易才緩過呼吸的鄭護看著窗外，外頭已是一片漆黑，但在燈光反射之下，明顯看到窗外掛滿了雨滴。

每逢風雨天，師傅都會變得很弱。

鄭護心道。

假如是平常的師傅的話，側腹處這一拳打實了就算沒有當場昏眩，也絕對沒有還擊的餘地。

雖然如今側腹處的痛楚依然久久未散，但相較於師傅往常的拳頭而言，絕對是輕上了許多。

「你的臂展沒有用盡，休息完練習一千次前手直拳。」師傅輕輕按著自己的右眼肚，道。

這就是師傅風雨天會變弱的原因。

馬頭曾經很強。

在現役的的數年間，他幾乎沒有讓出過香港的冠軍腰帶；甚至出身於拳擊界算是積弱的香港，卻有能力與東南亞最強的泰國和日本拳王互有勝負。

但在七年前的一次護級戰中，師傅失去了右眼的視力。

「對日常生活影響不大，就是有時會分不清遠近。」

師傅講得輕描淡寫，但影響不大也只是指日常生活而已。

對拳擊手而言，距離感幾乎是生命線。

畢竟對方的拳尖與自己下顎的幾公分，就是生與死之間的距離。

在師傅的右眼確診失明之後，他毅然地決定退出拳擊界，在好幾年後開了這家拳館，擔任起教練來。

鄭護身處的這拳館絕對算不上小，除了正中心的標準擂台之外，四周放著的訓練器材由各式不同用途的沙包到不同重量的啞鈴都一應俱全；而難能可貴的是所有器材都是幾乎一塵不染；足見馬頭對拳館的用心。

訓練實戰型的拳手並不賺錢；這在業界裡是公認的事實。

所以大部份拳館在訓練實戰拳手的同時，也得加開不少其他課程以補貼收支。

比起認真訓練拳手，真正能賺錢的是招攬OL學員揮灑汗水纖體瘦身的健身室型拳館，教練只需要跟著節拍領著一大班學生隨便揮揮拳；幾十人份的學費就可以袋袋平安。

但馬頭的拳館是其中的異類；馬頭的弟子，永遠不會超過五根手指頭之數。

按他的原話來說，就是「我只教想變強的學生。」

不需要「強」，只需要「想變強」。

這是一種可圈可點的招生方式。

或許正因如此，馬頭門下出了不少冠軍級的拳手。

可是，即使拳館再小，這些年經營下來也絕對不是甚麼小數字；馬頭到底是怎麼樣靠這麼少學生把拳館經營下來的……大概只能歸功於現役時代所存下的獎金了吧？

擂台旁，離剛才示意一回合完結的鐘響剛好五分鐘。

在拳擊比賽中，兩回合之間會有一分鐘的停頓讓拳手休息；而休息一回合加上兩次回合間的一分鐘，正好五分鐘。

拳館的所有休息和練習時間都會以這種三分鐘和一分鐘交替的方式分割，好讓拳手習慣實戰的時間流逝速度。

眼看電子鐘的秒位快要跳到零零，鄭護站於沙包前長長地吸了一口氣，在喇叭敲出噹噹聲的同時，開始揮拳。

而師傅則走到鄭護不遠處坐了下來，不自然地搔著眼窩，右眼眼角處還不時輕微地抖動著。

要知道一千次直拳並不是甚麼容易完成的作業，即使是優秀的業餘拳手，打完一千拳，手也酸軟得抬不起來；假如底子不夠厚而硬撐著打完一千拳，甚至會嚴重拉傷筋肉。

鄭護當然很清楚，因為他就曾經因為這樣拉傷過。

但回想起來，鄭護倒是沒有對師傅有點無理取鬧的指示不滿，只是覺得以前不顧身體極限而硬撐的自己有點好笑。

時光飛逝，現在一千拳在鄭護眼中也不是甚麼難事了。

「你來這裡快要六年了吧？」師傅冷不防地道。

「對，」鄭護嘴上回答，揮拳的動作倒是沒有停下來：「再兩個月就要六年了。」

提及這裡，兩人腦海裡不約而同的浮現當年那個下著小雨的黃昏。

「那大概差不多了，你下個星期去參加比賽吧。」師傅道。

「……好。」回答的聲音看似平靜，但鄭護正在擊打沙包的右拳立馬靜止了下來。

在香港，業餘拳擊的賽制為積分制，從一年的四月到下一年的三月，拳擊總會每個月都會舉辦例行賽，參賽拳手會按其勝負數獲得積分，而在年末到達指定分數線的，會以淘汰賽的形式爭奪該年的冠軍腰帶；而所謂的指定分數線，一般而言就是該年度最強的八至十六位拳手。

而這種看起來甚是隨便的賽制有兩個重點。

一是幾乎不含運氣成份，畢竟拳擊總會所配給的對手，一般都是勝率相約的對手；二是雖然機率不高，但相同的組合重新對上也是可能發生的；而復仇戰往往是搏擊運動裡最精彩的賽事。

「只是……現在不是已經八月了？」鄭護反問道：「例行賽都打了四個月。」

「沒事，」馬頭一派輕鬆：「全贏下來的話還是能進決賽的。」

「怎麼？」馬頭輕蔑地笑道：「怕了？想明年一月才打？」

「不，」鄭護笑笑，一記左刺拳全力往沙包轟去，「澎」的一聲嘹亮脆響：「我等好久了。」

從馬頭提出這個建議，到鄭護第一次站上擂台，只是過去了七天。

一般而言，一星期的準備時間絕對是不足的，先不說技術和心理準備層面；對一般拳手而言，實戰的體重通常都會比其自己體重低三至五公斤，但鄭護比較特別，他所參加的羽量級幾乎是他的自然體重，在比賽前不用特地減磅。

但選擇在自然體重戰區作戰的人並不多，因為減輕一個量級的話，會有多少體型上的優勢；而羽量級更加是亞洲戰況最激烈的量級，本來只是求勝的話，避開才是絕對的上策。

但鄭護幾乎是沒經過思考就決定了。

原因很簡單，這是當年師傅所在的戰區。

假如鄭護的自然磅高於羽量級，大概他也會毫不猶豫就選擇調整體重吧。

因為是自然磅的關係，鄭護過磅很順利。

但這僅限於身體狀況的準備而已，精神上的準備又是另一回事了。尤其鄭護從來沒有和任何館外的人對賽過；模擬戰的對手只有同門師兄弟、師傅和一些師叔伯而已。

這很異常。

老一輩的教練訓練拳手的手法一般相當原始而粗暴，就是帶著弟子踢館。熟悉的、認識的、勉強知道的、硬摸上去的都有，甚至不限於拳擊，踢拳、泰拳，甚至國術也不例外。

這手法原始而粗暴，但是見效——沒有被折斷的，自然就會變強。

可鄭護是唯一一個例外。

即使鄭護本人也再三要求過，但師傅從來沒有批准過讓他參加任何一次館外戰，也從來沒有解釋過原因。

所以，以更精確的用字去講解的話，鄭護從來沒有在擂台上面臨過任何「敵意」。

這使鄭護現下十分緊張，比正常初次上陣的拳手都來得緊張。

他站在空無一人的擂台面前，不知道在想甚麼想得出神。

「好好習慣一下這種感覺。」師傅從後拍了拍鄭護的肩膀，立馬讓鄭護嚇得差點要跳起來，看來他根本沒有察覺到師傅站在他後面有一陣子了。

「很緊張麼？」師傅不禁失笑，他順著鄭護的視線看去，那是仍舊空無一人的擂台；而擂台上散落著斑斑駁駁，大小不一的棕紅色塊。

小的只有一星半點，大的足有拇指肚般大。

有些深得已和淺藍的地蓆融為一體，只剩下一點點棕紅的邊緣外框；也有的仍泛著些許鮮明的暗紅。

那是歷來在上面練習和比賽的人所留下來的血。

「有一點。」鄭護坦然地回答道。

鄭護伸出手，輕輕地刮了刮離他不遠處的一小塊血跡，但血跡早已深深地滲進地席裡面去了。

在自己的拳館裡，鄭護也沒少在擂台上留下血跡；所以令他感到恐懼的不是流血本身。而是伴隨著流血的落敗。

轉念至此，鄭護便有種難以呼吸的感覺，想像中的敵人也無限地變得高大了起來。

但與此同時，他的心跳加速中明顯有著恐懼以外的情緒。

對於能夠在擂台上揮拳這件事，鄭護有點莫名地興奮。

＊＊＊

「八月的例行賽事，紅方，赤虎拳會的張耀強。」

畢竟只是例行賽，對外不可能有多少宣傳，到場的大多是參賽者的朋友，是故裁判唱名後，傳來的觀呼聲都是零零落落的。

「藍方，蒼衛拳會的鄭護。」

聽到自己的名字，鄭護深深地吸了一口氣，緩緩地走上了擂台。

「這就是你藏了這麼久的苗子麼，馬頭。」

鄭護走上樓梯之後，一個梳著大背頭的中年男人狀甚親暱地拍了拍馬頭的肩膀。

「司徒，你怎麼會在這裡?」但馬頭似乎並不怎麼領情，一臉厭棄。

「別這樣嘛。」可司徒倒是絲毫不以為忤，仍是笑容滿面的。

馬頭和司徒在現役時代曾經是擂台上的對手，在退役後也相繼轉任教練；雖然馬頭看著厭惡，但交情其實還不錯；畢竟同世代的頂尖拳手之間，總有惺惺相惜的感覺。

司徒看著擂台上的兩人說道：「上來就挑赤虎的嗎?畢竟是沒有很強，但那傢伙也不容易對付喔?」

赤虎，在拳擊界裡頭一直都是一個讓人不怎麼舒服的名字。

在這裡出身的拳手，大多都不會將拳擊視為甚麼正統的運動，而只是將擂台視為合法地宣洩暴力的的地方。

而很不幸地——這種為搏擊愛好者所不齒的想法並不會使他們弱於他人。

甚至正好相反，赤虎雖然少有頂尖的拳手，但平均水準卻十分之強。

畢竟暴力本身就是一種壓倒性的強大。

而紅方的張耀強正是赤虎出身的一個典型；理著短短的板吋頭，儼如刀削的五官很是精悍，紅色的比賽背心完全沒有辦法阻擋他的肌肉；長寬適當，本該略為鬆身的背心穿在他身上甚至有點顯窄。

雖然在前方沒辦法清楚看見，但張耀強在背上紋了一張爬滿整個背部的觀音圖，其邊緣甚至宛延至肩臂處，讓他本身就不友善的外觀更添了幾分兇悍。

但鄭護關注的地方只在於他的肌肉，仔細觀察後不禁皺了皺眉。

對方的肌肉，並不是拳擊手的肌肉。

肱肌和二三頭肌的隆起都明顯得異常，而胸肌亦毫無必要地發達——要知道過大的胸肌只會減慢出拳的速度。

「張耀強目前的戰績是！四戰三勝二K.O.！以今年是第一次參賽的選手而言可謂相當出色呢！」比賽開始之前，賽評按慣例講解了一下雙方選賽者的資料：「而藍方的鄭護則是首次作賽！但馬頭教出來的，絕對很值得期待哪！」

由於馬頭在比賽前甚至沒有告訴過鄭護他的對手的任何資料，四戰三勝二K.O.這戰績讓鄭護的緊張又加深了幾分。

這種緊張感並不來自恐懼對方的強大，而是深深的無所適從；畢竟他的對賽經驗是零。

「還是……張耀強這樣的對手正適合當他的第一個對手呢？」司徒看馬頭沒跟他搭話的打算，倒是繼續自說自話了起來。

「嘖，你的鼻子可真靈。」馬頭嗤笑，對司徒的試探直認不諱。

「果然是這樣沒錯嗎？」司徒似乎也沒十分的把握，猜對了反倒有點驚訝：「這年頭了居然還有這樣的苗子？在哪撿的？」

「秘密。」馬頭一笑。

「哦呵。」馬頭這樣一講，司徒本來只是想來打發時間的念頭熄了有八九成，站在馬頭旁邊專注地看著台上。

這一連串的對話，兩人的音量在有意無意間都刻意地壓低了，在擂台上的鄭護自然是聽不見的，但即使他們聲浪再大，大概鄭護還是會聽不見。

擂台邊緣的繩子，就如同平常世界與戰場之間的分隔線一樣。

從踏進擂台的一剎那，鄭護就像是穿透了一個籠罩著整個擂台的膜一樣；而這膜完全隔絕了擂台內外的所有聲音，就像是潛於水中似的。

輕輕舉起雙臂，鄭護只感受到自己塞在拳套之中，又包裹在手帶裡頭的指縫間，輕輕地發汗後的濕潤感覺。

「呯咚、呯咚。」

在寂靜得出奇的世界裡，因為緊張而稍稍加速的心跳聲，竟是響亮得出奇。

「——」

分神間，鄭護才發現裁判不知何時已站在他的身旁。

他拍拍鄭護稍低的拳套，鄭護立馬將拳頭平抬到臉龐的前方。

裁判仔細地檢查之後，便向台下的旁證示意一切準備就緒。

而在鄭護耳中，裁判向台下講話的聲音，遙遠得像是水面上傳來似的。

「Ready?」裁判在兩人之間舉起一隻手，向雙方示意。

雙方沒有回話，只是注視著對方。

「Box!」裁評的手往下一揮，然後往後退開，與此同時，伴隨著鐘響，三分鐘的倒計時也開始跳動。

擂台上平靜的空氣，在鐘響的一刹那完全炸裂開來。

嘰。

拳擊鞋坑紋不多的橡膠底與布質的地蓆用力磨擦時，會傳出這樣的一道略為高亢的磨擦聲。

張耀強幾乎在鐘響的同時，後腳便往地面一踏一蹬，在擂台後方斗大的電子鐘上面的讀數閃動的一瞬，便已經越過裁判剛才架起的兩步多寬距離；前腳往前踏的去勢未老，左手已是暴起一記勾拳便往鄭護頭面處勾去。

而鄭護在鐘響的一刹那，仍是緊張得腦門發白，像是不知道比賽已經開始似的。

赤虎的拳路本就剛猛，少有假動作、虛招等意識，出拳間意識一心無二；乘著剛才足下一蹬的加速度，打實了大概比賽就得立馬結束。

可幸的是鄭護在比賽開始時下意識就擺好了姿勢，右拳緊貼著自己右顎，左拳亦離自己的臉頰很近。

以標準的臨戰姿態而言，左拳本應半曲地懸於正前方；但鄭護無疑直覺地感受到對方的威脅，下意識地擺了一個偏向防禦的姿態。

幸虧如此，鄭護才來得及反應張耀強如此突然的一拳。他右手拳尖本來緊貼於自己的顴骨，右足尖逆時針往內一轉，膝蓋一曲便牽動著整個右半身往左面旋去；右拳在雙方拳套互相接觸的一刹那，順著全身的走勢將對方的拳往斜上方一推，便將拳力卸去了七八成。

台下的司徒看到鄭護在比賽開始之際明明略有分神，但這下意識而作出的防禦動作卻是一氣呵成，也是稍為驚訝，感嘆馬頭不知道又在哪個犄犄角角找到這樣的一個好苗子。

但馬頭倒是對此絲毫不感滿意，甚至眉頭輕皺，稍微有點不悅。

而張耀強下一步的動作證明了馬頭的皺眉絕對有其原因。

這左勾拳只是開路之用，是否命中他本來就不在意；左拳一擊不中，右拳便又連環往鄭護面門勾去。

這連環拳，重點在於「連」這一字。

假如他這左勾拳打出，看到鄭護防禦成功才再決定接右勾拳的話，不但思考費時，擊出第一拳時的動量亦早已蕩然無存；是故連擊所講求的「連」，所指的就是以千百次練習，將兩拳連成同一個進攻。

而更進階的拳手講求虛實相交、連結不同變化的「點」，又是另一個境界的表現了。

乘著左拳所帶動的全身旋轉，張耀強擊出右拳之際就如擰滿了的發條一樣，右手遠比左手強盛的臂力加上身體的旋轉，帶動的拳風比剛才猛了足有兩、三倍。

在赤虎的教誨中，並沒有甚麼虛招的技法。

以進攻破壞防禦、以進攻壓制步法、以進攻抵擋進攻。

而放棄變化，換來的是更重、更快的連擊。

張耀強的第一拳很重，即使打擊的力道被卸去了七八分，鄭護還是覺得前臂處痛得有如火灼。但鄭護甚至連仔細感受那道痛楚的餘裕都沒有——張耀強右拳的拳風已經拂面而來。

以拳理來說，鄭護理應避其鋒芒，躲開這一拳才是；但張耀強的第一拳實在太重，重得讓鄭護的重心稍微後仰。

重心已經往後的話，幾乎不可能再作躲閃。

這一切判斷在擂台之上自然不可能經過主觀的仔細思考；一切都是多年的練習融合而成，在電光石光中浮現的「直覺」。

鄭護腹肌用力一捲，強行將重心扳回前方，雙臂牢牢地架向前方，準備強接對方這一拳。

台下的司徒不自覺間將上身靠前了一點，專注地盯著台上的變化。

搞不好——比賽會在這裡結束。

甚至，馬頭好不容易才培養起來的苗子也會在這裡結束。

作為教練，司徒見過太多優秀的苗子，在首幾次比賽中敗於這種剛猛的暴力之下，然後再也站不上擂台。

外傷隨著時間總會痊癒，但深植於內心的恐懼，卻不一定可以痊癒。

按常理而言，來自赤虎的選手，大家都是避之則吉的，尤其是參賽經驗不多的新人；但馬頭反而初陣就挑了赤虎的……

同為教練，司徒猜得出馬頭的意圖。

這可是一場了不得的豪賭啊。

司徒看著台上的戰況，不禁心道。

而台上，張耀強的攻勢亦迎來最高峰。

雖然鄭護做足了心理準備，但這一拳對他而言，仍是重得難以承受。

拳頭及體，掛在鄭護頭髮上的汗珠如同雨霧般往外飛散著；拳頭的重量讓鄭護的足尖幾乎要離開地面，使他不得不往後蹬蹬蹬地退了好幾步。

在沉重的一拳之下，鄭護懸於臉前的前臂狠狠地拍在自己的臉面之上，鼻頭一陣火辣辣地痛。

好不容易才站定，他鼻頭酸痛之餘，人中處也是一暖。

流鼻血了。

這一點點血本身倒是無妨，但鼻血一旦開始凝結，便會影響吸呼的暢順，這在氧氣消耗極大的擂台上十分致命。

幾步後退之間，鄭護後頭已經是擂台邊緣，而前面的張耀強見一擊得手，半點讓鄭護喘息的意思都沒有，一呼一吸間又往前踏了好幾步。

看到鄭護的鼻血，張耀強感到很滿意。

而面對對方的進擊，鄭護似乎沒有甚麼好方法，只是站在角落硬接對方的重拳。

「Stop!」裁判看到鄭護連續吃了好幾拳並沒有反擊的意思，主動上前分開了兩人；張耀強亦很合作地往後退了好幾步。

裁判走到鄭護面前，仔細地檢查他的傷勢。

雖然在流鼻血，但鼻骨正常；左眼稍稍腫了，不算十分嚴重。

雖然一直捱打，但馬頭所指導的防禦動作讓鄭護擋下了所有致命的攻擊。

而在裁判的詢問之下，鄭護輕輕舉起雙拳，示意他還能打。

客觀而言，鄭護的傷勢並不嚴重，但畢竟是初次上陣的拳手，裁判便將視線移往台下的馬頭。

馬頭毫不猶疑地點頭。

這是一種毫無保留的信任和信心。

鄭護面前的張耀強在一輪高強度的打擊後，呼吸急促了許多，但臉上掛著沉醉於暴力中的笑意。

帶著牙膠，笑起來並不方便，這讓他的臉看起來有點猙獰。

擊打人體的感覺，還殘留在他的拳頭上面。

而他如今，已經在期待著用重拳折斷鄭護鼻骨時的快感。

站在對面的鄭護，本能地感受到一陣厭惡。

就像是沒於泥沼中的感覺，全身上下每一吋肌膚都像是包裹在某種黏稠的東西之下，呼吸也變得莫名地不暢順。

感受著自己不斷加速的心跳，鄭護呆立在原地。

暴力、殺意。

鄭護呆然，並不因為他對這些惡意陌生。

正好相反，他對此感到……很熟悉。

鄭護也笑了。

他微微咧開了嘴，一點點鼻血沿著笑容的弧線，流到了他的嘴角。

明明是在劍拔弩張的擂台上，但互相對峙的兩人都以相似的笑容看向對方；擂台上的氣氛突然顯得莫名地詭異。

「……」看見了鄭護的笑容，馬頭因為緊張，把上身又往前靠了點。

目前的一切跟馬頭的計劃並無二致，但最後的這一步是否仍然如他所料，還是未知之數。

擂台上，裁判再度揮手示意暫停的比賽再度開始。

張耀強早就等得不耐煩了，裁判的手才剛開始揚下，便已經急不及待地往前踏步。

左拳、左拳、右拳。

拳套上傳來那結實的打擊回饋感讓他感到無比舒暢。

也許正因如此，他沒有察覺到鄭護的眼神和剛才完全不一樣。

裡頭沒有了恐懼。

並不是因為有把握能夠應對，不再感到害怕的那種沒有了恐懼；而是恐懼被某種更加異質的情緒所取代。

正在勢頭上，張耀強沒有將攻勢緩和下來的意思。

而鄭護作為防守方，亦沒有想要反擊的打算，只是將臉深深地埋在拳套的後方，但那平靜得有點詭異的眼神，半刻沒有離開過張耀強的頭顱。

張耀強不斷地連續進攻，對其氧氣的消耗是巨大的，一連串攻擊不果，節奏便不得不略略一緩。

深深地吸了一口氣，張耀強再次往前揮出左拳。

缺乏氧氣的感覺叫人難受，而這痛苦讓張耀強更加渴求擊打人體的感覺。

這一拳的動作並不難看清。

踏步、呼吸、節奏、肩頭的旋轉、拳頭的軌跡，一切都清楚直白，沒有任何突然性和戰術考量。

和剛才整個回合裡的第一拳一樣，雖然剛猛有餘，但顯然技巧不足的一拳。

可是這一拳似乎是擊中了。

雖然相當薄弱，擊中了的手感亦明顯地停留在拳頭的外側。

鄭護躲開了最致命的部份，但臉頰還是被對方的拳鋒擦過。

臉頰處一片鮮血淋漓的擦傷，嘴唇撞在牙齒和牙膠的交界，扯出一道裂傷，血亦從嘴角往外滲出。

那種勢頭的拳，光是外側擦過已經能夠造成這麼嚴重的損傷。

只是擦過已經如此，假如……直擊呢？

作為一系列攻擊的第一拳，這一拳主要用作為後續的攻擊開路；張耀強並沒有預期會擊中。

而他的錯愕讓他忽略了一點，在他擊中對方的同時，鄭護的拳亦在他下顎不到一吋之間擦過。

但既然擊中了，張耀強還是幾乎下意識地將右拳指往同一點揮出。

又擊中了。

這次是結結實實的，完全地命中鄭護的面門。

在以往的比賽，這樣的手感絕對是已經擊倒了。

雖然咬著牙膠並不方便笑，但張耀強的嘴角還是微微地咧起。

沒有猜錯的話，他的拳套上應該已經黏上濃稠的血液；而這種濃稠的血液只能在對方嚴重受創時才能看見。

對他而言，這是至高無上的獎勵。

但正恍神間，張耀強注意到面前的小子雖又往後退了兩步，已經靠在擂台邊緣的繩子上，但他並沒有倒下去。

雖然右頰已是高高地腫起，但鄭護的眼神完全沒有被重擊後的恐懼。

甚至剛剛相反，鄭護的眼神平靜得似乎他才是在居高臨下地觀察對面的一方。

這讓張耀強感到無名火起。

既然對方已經受了這麼重的的傷，也沒必要晃甚麼虛招實招，張耀強只是又往前踏了一步，鼓動全身的肌肉將右拳勾出去。

這一拳裡面並不含有任何技擊的成份，只有單純而原始的暴力。

台下的司徒皺眉。

自己的徒弟被打成這樣，但馬頭甚至沒有拿起那條作投降之用的毛巾。

他只是面無表情地看著。

台上，倚著繩子的鄭護勉強還能保持清醒。

時間是站在鄭護這邊的。

而且……身體也到極限了。

鄭護很清楚，再被擊中一拳的話，絕對會失去意識。

所以。

只要抱起頭再防禦幾秒，第一回合馬上就要完了。

這種思考方式是人之常情、而且戰術考量上也是上策。

但鄭護沒有這樣做。

台下仔細地看著的馬頭也知道鄭護不會這樣做。

鄭護笑著，放下了正在防禦的雙手。

在張耀強充分地旋轉，帶著上一拳的餘威再度揮拳時，他選擇了放棄防守。

左膝內旋，將整個上身壓低，腰背往右下方旋轉；右腳蹬腿帶動腰部回旋，然後由肩部帶動拳頭。

同樣充份地旋轉，左拳直指對方下顎。

擂台亦不是一個仁慈得可以讓你仔細思考的地方。

在最後最後的選擇中，並不可能存在多少客觀理性的部份。
而鄭護選擇了無視對方的拳，甚至在踏步中迎上了那個拳頭。
從張耀強往前踏步開始，鄭護的目光已經跨越了他的拳，直指往他的下頜。
「我會比他快。」
這是鄭護腦海中，唯一來得及浮現的念頭。
鄭護並不知道自己的揮拳動作，從帶上拳套的第一天開始，已經被馬頭以頂尖拳手的標準去修正；光比拳速的話，他要比張耀強快很多很多。
鄭護的左拳率先命中了對方的下顎。
啪！
一道清脆的響聲。
張耀強的整個頭顱詭異地逆時針輕輕抖動了一下。
而在下一個瞬間，張耀強的拳明顯地失去了焦距，但仍帶著巨大的衝擊力擊中了鄭護的下巴。
鄭護的牙膠伴隨著血花飛脫，咚咚地往後退了好幾步，好不容易才站得住沒有往後摔。
即使滿臉鮮血，但他半點想要處理的意思都沒有，而是立馬向張耀強衝去，準備繼續攻擊。
雖然裁判喊停了比賽，但鄭護的步伐並沒有慢下來；裁判不得不出手抱住鄭護，才阻止了他繼續往前。

雖然從表面看來，鄭護被打得血花飛濺；但受創更重的絕對是張耀強。

張耀強如同醉漢般晃著往後退了一步、又一步，然後像是斷了線的扯線木偶般，突然往下倒，攤坐在擂台上。

台下的司徒深感錯愕，然後不禁一瞥旁邊的馬頭。

既然初戰會挑上張耀強，這苗子自然絕不平凡。

但異質成這樣，也是完全超出了他的預期。

而這一切雖然如同馬頭所料，但馬頭的內心除了喜悅，還有其他更複雜的心情。

雖然早已預期，但實際發生了，還是十分讓他感到不安。

他不知道自己到底是在幫鄭護，還是在毀了他。

裁判數到四，張耀強才開始掙扎著想要爬起來。

正確地命中下顎的拳頭，破壞力會直接衝擊後腦，想再站起來，就如同想在暴風雨中的小舟中站起來一樣困難。

在初戰的第一回合不到兩分鐘，鄭護以K.O. 拿下他人生的第一個勝利。

「九月例行賽的勝利者為藍方的，鄭護！」賽評走到鄭護旁邊，拉起他的手興奮地吼道。

本來夾帶著零碎交談聲的觀眾席，在張耀強倒下之際像是被按下了靜音鍵一樣突然鴉雀無聲，然後在裁判喊出比賽結果的時候，響出如雷般的歡呼聲。

而作為勝利者一方的鄭護，並沒有表現出勝利者應有的喜悅，只是低頭看著自己的左拳，若有所思。

二。封塵中的神廟

「先去跳繩。」

初戰告捷的翌日，練習如常，連馬頭見面的第一句都如常。

假如要選最適合拳擊手的運動的話，答案必然會是跳繩。

節奏、平衡、協調、重心的移動；拳擊對下盤的所有要求，幾乎都能夠以跳繩作為練習，而跳繩也是鄭護最初的練習。

如今對鄭護而言，跳繩已經和吃飯喝水一樣簡單，但遙想當初，「跳繩時要怎麼把腳跨過去」這種聽起來有點像哲學題的疑問曾經困擾了他好久。

在跳繩之後，馬頭拿出了藥箱替鄭護處理傷口。

雖然在昨天的比賽之後已經處理過一次，也有確實地叮囑鄭護在晚上好好處理，但他顯然沒有。

臉頰上多處的擦損自然是沒有處理，嘴角的裂傷只是隨隨便便地貼了一張膠布。

那張膠布甚至沒有完全遮掩那個傷口，想必鄭護這個處理只是希望傷口不起眼而已。

嘆了口氣，馬頭撕好了棉花，沾上藥用酒精開始替他處理傷口。

「昨天的比賽……有甚麼感覺？」馬頭的動作毫不輕柔，棉球隨意地在鄭護的傷口上遊移，沾上腥紅的血液。

「……太僵硬了。」但鄭護相當平靜，不但沒有喊痛，甚至連講話的語調都沒有受影響。

「對。」馬頭道：「你全身的肌肉從最初便已經繃緊了，除了防禦還影響了重心的移動。」

鄭護回憶起最初硬接的那一拳，那錯誤的重心後移的確影響了整個回合的走向。

「還有呢？」馬頭接著問。

「……」鄭護皺眉：「我不知道該怎麼形容。」

「哦？」馬頭饒有興趣地追問：「怎麼說？」

「最後我擊倒他的『那一拳』……」鄭護思考道：「感覺……有點奇怪。」

「繼續。」馬頭微微地瞇起眼睛。

「擊中的手感好像比平常……還要舒服？」鄭護思考了好一陣子，最後還是想不清該怎麼形容：「可以實戰訓練麼？」

一般而言是不可以的——馬頭心道。

用馬頭師父輩那批踏於拳壇和武林交界的人的語言來說，就是「劍上見血的戾氣未散，不宜切磋。」

但講得白話一點，就是剛實戰過，心情緊張之下出手多半不知輕重，容易弄傷同門而已。

「好吧，跳完這回合上台。」馬頭仔細思考之後，點頭道。

馬頭其實是知道鄭護想要講甚麼的，但比起由他點破，他更想鄭護自己發現。

「不好意思——！」伴隨著咯咯的敲門聲，門外傳來有點遲疑的喊聲。

鄭護和馬頭都有點奇怪，畢竟現下馬頭的弟子應該只有鄭護一人。

「等一下。」馬頭放下一句，便走去應門。

門外是一個帶著方框眼鏡，頭髮有點雜亂的年輕男人。

「你好……」他微微點頭示意，從口袋中拿出名片，道：「我叫葉勇，是城市日報的體育記者。」

葉勇是來做採訪的，他也看了鄭護昨天的比賽。

「城市日報的話……我記得負責拳擊的應該是查理？」作為好幾個冠軍級的教練和前腰帶擁有者，馬頭自然不會不認識相關的記者，但名字倒是一時三刻記不起來。

「他升職啦，現在是副刊總負責人了，」葉勇接過話頭，笑道：「不用再到前線採訪囉。」

「這樣啊。」馬頭道：「幫我向他道聲恭喜。」

馬頭剛開始打比賽的時候，正好也是查理剛入行做記者的時候，所以經常受訪的馬頭和查理也因此成為了朋友。

一頓寒暄過後，葉勇道明了來意。

「我想採訪一下鄭護先生。」葉勇正色地道。

「這個嘛……」馬頭用眼神詢問鄭護，他也不清楚鄭護會不會對此感到不自在。

鄭護沒有搖頭也沒有點頭，馬頭也只好視為同意了，反正之後也總會遇上的。

「你好，鄭護先生。」葉勇道：「你可以讓我們做一個簡單的訪問嗎？」

「可以是可以，」鄭護抓抓頭道：「但我不懂做訪問。」

「不用緊張，你當是普通的閒聊就行了。」葉勇得到了鄭護的許可，拿出了錄音筆和速記簿。

剛才寒暄時的葉勇予人的感覺並不怎麼練幹，談吐之間甚至有一點怕生和笨拙的感覺。但他執起筆，攤開速記簿的一刻，整個人的氣場突然就不一樣了。

「並不是甚麼很長或者很複雜的採訪，放輕鬆就可以了。」葉勇笑笑，開始提問。

「你學習拳擊的契機是甚麼？」葉勇在速記簿上早已擬好了一系列問題，他拿筆一戳第一條，問道。

「變強。」鄭護答得很乾脆。

然後大概是三到五秒的沉默。

葉勇好不容易才反應過來，鄭護並不是在思考該怎麼樣繼續回答，而是已經回答完了。

「可以再具體地多講一點麼？」葉勇問道：「是看了甚麼明星拳手之後想要像他一樣強？還是心理上想變得更堅強？」

「心理？不對，」鄭護皺眉：「只是不變強活不下去。」

葉勇聽見這樣的回答已是無言以對，只好轉頭看著馬頭用眼神求救。那邊的馬頭只是一臉想要看戲的表情，似乎半點想要講點甚麼的意慾都沒有。

「呃……唔……」葉勇看自己求救無效，雖然有點生硬，只好硬是轉移話題：「那麼，你喜歡拳擊麼？」

「喜歡啊。」鄭護難得地露出了笑容，答道。

「嗯——雖然說是喜歡。」葉勇追問：「拳擊這種運動還是比較特殊的吧，畢竟被打就會痛，願意站上台會不會有甚麼特別的原因？像是為了誰而戰之類的。」

「我很喜歡站上擂台的感覺。」鄭護道：「正因為被打會痛，所以不是為了自己而戰的話，反倒不可能願意站上台吧？」

「這樣啊——」葉勇在速記本上高速地寫了點甚麼。又問：「那喜歡站上擂台的感覺，可以多講一點麼？」

「擂台上就像是另一個世界似的，」鄭護思考道：「和台下的世界不一樣。」

如果說剛才的「變強」直接過頭的話，現在的「和台下的世界」未免又間接過頭了。

「是怎麼不一樣法？」但難得鄭護拋出了一個有趣的回答，葉勇還是饒有興趣地追問。

「就是……上去了就不用再管平常那些數之不盡的麻煩事了吧。」鄭護答道：「甚麼都不用思考，只要想著打倒對手就行了。」

「嗯哼，」葉勇試圖解讀鄭護的意思：「你認為台上的世界遠比台下簡單？」

「對，」鄭護遲疑，然後點頭道：「就是想做甚麼就可以去做的感覺。」
「也就是……你覺得在台上比較自由？」葉勇道。
「自由麼？」鄭護反倒一愣，他自己倒是沒有想過這樣的形容方式：「可能吧。」
「好的，」葉勇點點頭，在速記簿上寫了點甚麼，然後道：「來談談那場比賽吧。」
「初次上陣便對上赤虎拳會的選手，在第一回合便清脆地KO對手，你對這個賽果滿意嗎？」葉勇問道。
「不。」鄭護回答得很乾脆：「不論是動作的精度，防禦到攻守的交換，甚至體力管理都有問題。」
葉勇的眉頭似有還無地皺了一皺，下筆翻飛，似是將鄭護所講的都記了下來。
「那你是怎麼看張耀強的？」葉勇接著問。
「呃……他看起來有點可怕。」鄭護老實地道。
「不，」葉勇淺淺地笑笑：「我指的是你覺得他強不強。」
「……他……挺弱。」鄭護皺眉思索良久，回答道。
葉勇立馬在剛才所寫的速記上划了划，然後又提起筆飛快地寫著甚麼。
「怎麼說？」他接著引導。
「他的拳很重。」鄭護的眉頭仍然皺緊，試著在腦海拚湊出對張耀強完整的印象：「可除了這一點之外，大概沒有甚麼特別了。」

事實上，張耀強並不是甚麼十分頂尖的選手，這是事實，但也絕不至於弱得在新晉拳手眼中「沒有甚麼特別」，可鄭護有點例外；因為馬頭……實在太強了。

無論在戰術指導和實力，馬頭都比赤虎那邊高出了不止一班；所以即使鄭護的實力並未正式踏入一線，眼界倒是毫無疑問的一流水平。

比起覺得對方強，鄭護只是覺得自己太弱了。

「沒有甚麼特別嗎……」葉勇重覆了一遍，然後道：「所以你覺得即使再比一次，你也會贏？」

馬頭眉頭一皺，顯是聽出了葉勇話裡有話。

雖然那一下擊倒的確乾脆俐落，但在不少觀賽者眼中，鄭護這勝利更像是蒙出來的同歸於盡。

馬頭聽出來了，他也知道鄭護大概聽不出來，但他還沒打算作聲；畢竟他也挺有興趣知道鄭護對自己的戰力推算是怎麼樣的。

而鄭護則是在思考「那一拳」的事。

只要能重現「那一拳」的話，他沒有任何落敗的可能；可是他目前對「那一拳」還是沒有甚麼頭緒。

「我也不知道。」鄭護坦然地答道。

而這一個問題似乎只是葉勇的開場白，他接著問道：「你取得勝利的最後一波交鋒，你是想跟他同歸於盡嗎？」

站在一旁的馬頭在一瞬間閃過一絲驚訝。

「同歸於盡……？」鄭護皺眉，然後略作思索，道：「我也不知道。」

「這樣麼……」面對鄭護這個回答，即便是葉勇這種職業記者，似乎也引導不下去。

無奈之下，葉勇選擇打開了一個新的話題：「作為新秀，你的家人支持你麼？」

事實上，無論任何運動，會得到家人支持的都是少數，甚至很多運動界的新秀突然淡出舞台，都是因為家人的反對。

「家人麼？我沒有家人。」鄭護抓抓頭，答道：「硬要說的話，他就是我的家人。」

他指指一旁的馬頭。

「呃……對不起。」葉勇道歉。

「不，沒關係。」鄭護笑道：「我習慣了。」

聽到這樣的回答，葉勇似乎是想不到要怎麼回答，畢竟鄭護模稜兩可的說辭有無數個解讀方式；場面亦因而突然變得尷尬了起來。

「你……似乎沒有接觸過拳擊？」一直站在旁邊的馬頭突然沒頭沒腦地問道。

「咦，為什麼這樣問？」葉勇暗暗地鬆了一口氣，連忙道：「是不是我在那裡表現得不夠專業？」

雖然這個話題也挺難解答的，但總比沉重的家庭話題好處理。

「也算吧。」馬頭答道：「剛才你在記下一些不是很複雜的術語時，在旁邊打了好幾個問號。」

「呃……這被看穿了呢。」葉勇苦笑，然後坦白道：「我對搏擊運動這邊幾乎沒有背景，之前我是負責影音科技那邊的。」

「可是景氣不好嘛，人手不足也沒辦法。」他攤攤手，有點無奈。

「不，我沒有責怪你的意思。」馬頭笑笑：「我只是想確認一下而已。」

「你剛才會問那小子是不是想同歸於盡，也就是那一拳，你也看得出來是張耀強先出手的對吧？」馬頭問道。

「……對？」被這樣一問，葉勇才仔細地回想自己當時在觀賽時的感受：「呃……我就是覺得張耀強好像比較快一點點……？」

葉勇的聲線帶著一點點心虛，畢竟在前香港冠軍面前，他對自己的觀察可沒有十足的自信心。

「是怎麼樣的快一點點？」馬頭不置可否，只是接著問道：「可以仔細地講一下麼？」

「呃……」面對馬頭的追問，葉勇有點手足無措地道：「對不起，我沒有要貶低鄭護的意思。」

「不不不，」馬頭這才發現自己的追問太有攻擊性了，連忙擺手否應：「張耀強比他快了一點是事實，你沒看錯。」

「我想知道的，只是在你眼中，張耀強比鄭護到底快了多少？」

「快」是一種很主觀的描述。

揮出拳頭源自肩臂的施力。

肩臂的施力源自身體的旋轉。

身體的旋轉源自步法的支撐。

步法的支撐源自目光的鎖定。

真正踏入第一流選手的，從眼神就能判斷對方的目標。

而馬頭感興趣的，是這個外行人的眼力，到底到了那一個層次？

「呃……」葉勇略作沉吟，試圖在腦海回放那天的片段：「我不是很懂要怎麼表達，大概就是……張耀強準備要揮拳的時候，鄭護才決定要揮拳？」

「你的眼力可真不錯啊。」馬頭讚嘆道。

當時在台下的馬頭看得一清二楚，鄭護確認張耀強的進攻動機，決定要出拳的瞬間，大約在張耀強的肩頭處施力的時候。

用馬頭的標準的話，大概是有點慢了。

而葉勇的用字不是「開始」揮拳，而是「準備」揮拳。

雖然作為外行人，葉勇沒有辦法精確地描述兩者的先後，但他的眼力可是實打實的優秀。

即使在鄭護那種水平上的拳手，能有這種眼力的也不多。

「過獎，過獎。」葉勇有點不好意思。

「所以，」馬頭道：「以你的眼力而言，鄭護能走到那裡？」

雖然葉勇在技術層面上沒辦法評價甚麼，但他這種只針對身體質素的眼力，或許能給出甚麼有趣的意見。

「目前看來，新鋭大概沒有比鄭護更強的了吧。」葉勇沉思道：「只是你下一輪要對上的拳手來自洪鱗，聽説很強呢。」

葉勇語畢，馬頭突然臉色大變，追問道：「洪鱗？那傢伙是不是也姓洪？」

馬頭的説話聲中帶著明顯的顫抖，這「洪鱗」二字對他的衝擊絕對很大。

呃……糟了。

葉勇心道。

雖然正值半個賽季之間的休息時間，下一輪比賽得在三個月之後，但身為體育記者，葉勇在稍早之前已經收到了下一輪的賽程表，但他並不知道自己手上的比賽安排，拳擊總會還未向拳手公佈。

「算了，説都説了。」葉勇聳聳肩，道：「對，沒錯，叫洪不問，所屬拳館是……洪鱗拳會。」

「洪鱗拳會？很強麼？」雖然已正式步入拳壇，但鄭護對其他拳館完全不感興趣，所以他對洪鱗這二字並沒有甚麼頭緒，只能向馬頭提問。

「……很強。」馬頭眉頭大皺，回答道。

即使是鄭護，也幾乎從來沒有見過馬頭如此複雜的表情。

「在七年前，我輸過給洪鱗的人。」馬頭道。

鄭護愕然。

七年前……也就是馬頭退役的時候。

這幾年內，即使鄭護有開口問過，但馬頭從來沒有提及過自己眼睛受傷和退役的原因。

七年前、馬頭的敗績、眼傷、退役……看馬頭現在的反應而言，和洪鱗絕對脱不了關係。

「這個嘛……既然這麼感興趣，」葉勇答道：「我們一起去看看他這一輪的比賽如何？」

＊＊＊

洪不問的比賽，和鄭護之前的比賽在同一個地方舉辦。

但相較於鄭護那一次那疏疏落落的觀賽人數，這一次會場不但坐席已經全滿，還有不少人似乎並不介意站著看比賽。

現場有點擠擁的人群，甚至讓帶上了鴨舌帽和平光鏡便自以為作了變裝的馬頭和鄭護看起來沒那麼蠢。

「為什麼你們得變裝？」葉勇努力地忍住笑：「來看比賽又不犯法。」

「就……不太好。」馬頭有點尷尬，把帽舌低了低，有點警戒地張望四周。

更好笑的是，這種帶著明顯得拙劣的變裝的人，除了馬頭和鄭護以外似乎還有別人。

無巧不成書，洪不問的對手亦是來自赤虎拳會的，名喚卓清。

雖然這名字聽著文雅，但背負著赤虎的名號，自然也是走剛猛一路的拳手。

四戰四勝三K.O.。

「他已經第三年參賽了。」葉勇翻閱著他的筆記，低聲讀著：「雖然從未拿過冠軍，但光看點數和排名，卓清從來沒掉出過前五。」

實力，經驗並備。

「假如和張耀強比，他強多少？」鄭護並不能從數據上判讀其他拳手的水平，只能這樣提問。

事實上，「強」是一種難以量化的東西。

先不論心理質素和戰意這種浮動著的東西，光是硬性質素，就有力量、速度、體能、反應、步法等等變量，同時也有控場能力、距離管理、判讀能力、節奏掌握、設立陷阱等等軟性質素。

而不同風格的拳手之間，本身亦存在相性，像是卓清和張耀強這種赤虎出身，重點訓練力量和體能的拳手，對上專精於控場能力的拳手，往往就得陷入苦戰。

但卓清和張耀強之間倒是不難比個高下，畢竟他倆可是同一類型的拳手。

「一個回合內。」兩道聲線同時答道。

除了馬頭，另一道聲線從三人的後方傳出。

「嗨。」司徒從人群裡走出，脫下了頭上的偵探帽。

「……我們看起來也是這麼蠢的？」馬頭指指司徒，向葉勇問道。

葉勇使勁不斷地點頭。

馬頭見狀立即脫下了頭上的鴨舌帽和架著的墨鏡。

「別這樣嘛。」司徒尷尬地笑笑。

「卓清比張耀強要強一倍以上。」司徒重覆道：「哪一個拳手比較強是很容易比較的，但強上多少倒是很難量化……除非他們是同一類拳手。」

「都是赤虎出來的，重拳互換，張耀強大概撐不過第一回合。」司徒回答時，視線明顯向著馬頭。

「……對。」馬頭點頭。

「可惜啊，」司徒嘆了口氣：「他二十九歲了吧。」

「看他的眼神……」司徒道：「這大概是最後一年了吧。」

二十九歲……鄭護皺眉，看著在擂台附近坐著的卓清。

雖然比賽即將開始，但已經完成熱身的他，正抱著一個約莫一歲前後的小女孩上下上下地舉著。

雖然身上掛滿熱身冒出的汗珠，但卓清的眼裡沒有戰意，只有無盡的父愛。

小女孩發出銀鈴似的咯咯聲笑，卓清也是笑容滿臉。

舞了好幾圈，卓清才將女孩放到旁邊的妻子手上，然後溫柔地揉了揉妻子的頭髮。

「我會贏的。」他揮揮手，轉身走往擂台。

一轉身，他的神情就變得凝重了起來。

不過一個瞬間，他就由一個慈父變成一個準備作戰的拳擊手。

和張耀強相較，他沒有那種赤虎出身的，張牙舞爪般的感覺。

但以體格看來，他絲毫不遜於張耀強，微微隆起的上胸肌和不起眼的下胸肌更顯示他的肌肉完全是為了拳擊而特化鍛鍊的肌肉。

這種身型，能打出遠比張耀強的快拳。

看著他這一身精實的肌肉，葉勇沒有辦法將其與「即將退休的老將」連結起來。

而另一邊的洪不問，也在此時緩緩步出更衣室。

在賽評的唱名和看台上的觀眾熱烈的歡呼聲之下，洪不問和卓清緩緩步上了擂台。

卓清已經是第三年參與爭奪冠軍腰帶的聯賽，其進攻性的拳路和豐富的經驗，為他帶多了許多忠實的支持者，步上擂台之際，席下傳來的歡呼聲可謂震耳欲聾。

說來奇怪，作為首戰，洪不問所面對的對手未免太強。

新人剛進入聯賽的時候，頭幾場的對手一般不會太強，要不就是新人之間互相對賽，要不就是對上有經驗，但實力比較一般的對手。

鄭護是個特例，畢竟馬頭可是專門向著張耀強而去的。

而洪不問於首戰就對上準冠軍級的拳手，背後大概也是帶著某些人的意思。

雖然對方只是初陣，但立於洪不問面前，卓清沒有半點要放鬆警惕的意思，甚至比之前的比賽更加集中。

在赤虎裡面，上一輩早已給了卓清充足的心理準備。

洪不問……很強。

「洪」不問，洪家的。

拳擊在香港的歷史並沒有如此源遠流長，冒起大不了也就數十年而已。

而支撐著拳擊界的各家「拳館」，和「武館」有著千絲萬縷的關係。

洪家，正是曾經於地下社會中，培養出最多、最強的打手的一脈。

他們遠比其他同行來得早察覺時代的洪流，很早便參與了拳擊界的創立與發展。

是故現今拳擊總會的永遠榮譽會長，名為「洪一松」。

無論是隱於陰影之中，還是步出光明，武人的本質仍是武人。

只要仍然自命為武人，就沒有可能放下對最強的執著。

洪家的傳人少有出現在拳壇，但洪家的傳人這個身份，幾乎是最強的保證。

該說是破釜沉舟，還是自暴自棄呢。

卓清本人倒是對這位對手十分滿意。

「為大家介紹，紅方出場的是第三年參賽的沙場老將卓清！今年度的紀錄是四戰全勝！狀態大勇啊！」雙方已經就位，賽評開始賽前毫無意義的點評環節：「但藍方這一邊可是來自洪鱗，雖然是他寶貴的初陣，但大概不會是單純的老鳥欺負新人的賽事吧？」

能坐上賽評台的，大多都是上一輩已退役的拳手，自是知道洪鱗的來歷；而講評和立場自是各異，但不知道為何總是每一位賽評都帶著一個相同的特色，就是講話尖酸。

大概是這種風格的賽評，比較容易抄熱氣氛吧。

但立於藍角的洪不問並沒有對賽評的說話作出任何反應，講得嚴格一點，他沒有對外界任何刺激作出任何反應。

他抱著手，眼神散漫而沒有焦距，甚至輕皺眉頭，似是不滿賽評對雙方的講解太過冗長，所以倚著擂台一角，輕輕仰頭閉上了眼睛。

就好像他並非參賽者，只是其中一個觀眾，而正好倦得想要小瞇一會似的。

在台下，對於洪不問這個舉動，眾人的理解亦是各異。

鄭護很不滿。

洪不問站在擂台，但他的心不在擂台上面。

雖然看不出來是別的「甚麼」，但洪不問的心並不在擂台上、並不在這場比賽上。
馬頭很懷念。
雖然不知道是甚麼關係，但這小子的做派跟洪正一模一樣。
司徒有些期待。
會不會……有機會看到當年的那一招呢？
他輕輕一瞥旁邊的鄭護。
洪正的傳人和馬頭的傳人在同一年出道，是不是要繼續七年前那場未分勝負的比賽？
想到這裡，他對今年的比賽又多了幾分期待。
而葉勇只是覺得很奇怪。
雖然洪不問敢在擂台上閉神養神是很囂張沒錯啦，但旁邊這幾位的表情也不至於需要這麼表情複雜吧……？
而在台上的洪不問自然是不會留意到台下這幾個心思各異的人，他只是一如既往地閉著眼，往上抬頭。
擂台用的射燈功率很高很刺眼，即使閉上眼，還是會在目前烙上一道炫目的光斑。
那燈光炫目得叫人眼睛生痛。
將抬起的頭顱移回水平，睜開眼睛，他擺好了架式。
而面對洪不問的架式，另一頭的卓清感到很不舒服。

令他不舒服的，並不是甚麼戰意、殺氣等等玄之又玄的東西，而是某種別的東西。
他並沒有辦法理性地形容自己的厭惡，只是莫名地感到不舒服。
而這很正常，無論是那不舒服的感覺，還是難以描述這回事，都來自同一個原因。
因為……洪不問的架式不像人類。
人類就該有人類的樣子。
體能不足的人，雙手的架式會比標準略低一點。
著重防守的人，懸於前方的左手會比標準略為後一點。
喜歡打近身戰的人，腰會比標準略為壓低一點。
擅長步法的人，左右腳的前後差距會比標準長一點。
這些微小的差異和習慣，是拳手一切相異的基礎。
而洪不問沒有。
他的架式標準得像是印在教科書上的圖解似的，沒有任何一星半點屬於他自己的個性。
即使連雙目的目距，也完美無缺地對準了卓清的下巴。
可是那雙目之間沒有任何情緒。
沒有緊張、沒有興奮、甚至沒有想要爭勝的決心。
難怪被那種視線注視著的卓清，有一種莫名的難受。
所以他決定……和洪不問聊聊天。

他並沒有擺起架式，只是步向洪不問。

「我的女兒前陣子滿周歲了。」卓清笑笑，把自己的拳擊手套翻轉過來：「你看，是不是很可愛。」

內側有一張小小的照片，卓清和他的妻子兩人把一個小小的女孩抱在中間，夫妻兩人都帶著燦爛的笑容。

「他們就在那邊看著呢。」卓清的目光望向台下的選手席，他的妻子拎起女嬰的小手，向台上揮著。

洪不問輕輕皺眉，略作猶豫之後也放開了自己的架式，回復了正常的站姿。

「所以呢……」卓清環視著四周道：「我的任性也差不多要到頭了。」

卓清並不是從小就接受訓練的那種頂尖的苗子；甚至他進了赤虎這種實戰拳館，本身也只是巧合而已。

而且卓清本性是一個善良的人，平日只是一個普通的上班族。

他這種人本來就和拳擊沾不上邊，更何況行事作風帶著濃重江湖背景的赤虎。

但他很喜歡拳擊。

喜歡得即使起步遠比別人遲，但從未停止過努力。

喜歡得雖然缺乏天份，但仍然掙扎到現在這個位置。

喜歡得多次止步於頂點之前，仍然願意再次踏上擂台。

「我太太說女兒都大了，差不多要考慮引退了吧。」卓清笑笑，看著台下。
洪不問的眉皺得更緊了。
拳擊手在比賽之前會這樣子寒暄麼？
「我聽館內的前輩說，你們洪家很強。」卓清道：「強得不可思議的那種。」
洪不問乾巴巴地答道：「對，師傅很強。」
「那就好。」卓清淺淺地笑了笑：「我會拚盡全力擊敗你的。」
「所以……請讓我見識一下洪家到底有多強吧。」卓清往後退了幾步，擺好了架式。
假如這一場輸了的話，我會引退。
話到嘴邊，卓清把這一句又吞了回去。
洪不問點點頭，也擺好了架式。
「Ready?」立於二人之間的裁判看了看雙方示意。
卓清點了點頭。
「Box!」
裁判的右手往下揚，而卓清亦在同一個瞬間，壓低身子踏步往前衝去。
面對風格和實力全是未知數的洪不問，卓清選擇主動出擊。
以赤虎出身而言，卓清是個異類。
雖然師承了赤虎剛猛的拳路，但卓清並不如其他赤虎出身的拳手一樣，習慣站定打中距離戰。
一般而言，為了揮出重拳，就必須要立定作出高幅度的重心旋轉，而連續揮拳對體能的巨大消耗也意味著能夠分配在走位上的體力並不充裕。
而赤虎這種不斷輸出強手的拳館，其風格一直都是各路教練不得不研究的目標。拙於步法，便用距離控制。
這正是對赤虎最有效的反制方式。
而卓清作為赤虎出身的歷戰拳手，其突破反制的手段，正是其短距離衝刺。
業餘拳擊比賽「只有」三回合。
很多人的理解是因為業餘拳擊的強度並沒有職業賽來得高，但這絕對不正確。
事實是，業餘拳擊比賽「只有」三回合。
是故在比賽的鋪排與佈局上，業餘賽並沒有職業賽那麼充裕的時間作計劃，也沒有辦法主動劃分用以試探和休息的回合；所以業餘比賽的節奏反而遠比職業來得快，消耗也遠來得要劇烈。
而卓清正是在這樣的前提下，選擇不走任何捷徑，以更劇烈的體能消耗去克服赤虎的弱點。
本該還有三四步的長距離，能夠在視界內看見整個上半身的卓清，整個人影幾乎在他壓低身子時完全消失，下一個出現的瞬間，其赤紅的拳影已是直奔面門刺來。

啪地一輕響，洪不問拍歪了卓清的左手刺拳。

但卓清步法的去勢未老，未盡全力的左手很輕鬆地便抽了回來；右拳便直奔洪不問的側腹而去。

人類的手臂有其物理限制，專注於防守頭臉，腹部自然就得空出來。

但洪不問似是已經料到這一樣，右腳一踩便往後急退了一步。

「嘖。」拳勢已老，再追亦是無益，卓清果斷地選擇了往後退。

從選擇衝刺到一擊無功撤出對方的攻擊距離，這一回合的交鋒絕不超過三秒，可見卓清短距離爆發之敏捷。

而卓清一退，呼吸一滯之際，洪不問的左拳直追卓清面前而去。

好長的臂展！

洪不問只是往前踏了半步，左拳便已經追上了急退中的卓清，直刺其下顎而去。

眼見拳影直逼面門，卓清一驚，瞳孔猛地收縮；眼看只退一步不夠，他沒有扳正自己後傾的重心，而是依然壓著重心再退了兩、三步才停下來。

乘著卓清重心不穩，洪不問毫不猶豫便追擊上去展開反擊。

可幸卓清比賽經驗豐富，即使重心仍未站穩，仍能擋得下洪不問的還擊。

……不是很強。

卓清在防禦的時候，不禁暗暗狐疑。

洪不問的攻擊很正確。

無論輕重攻擊的掌握，距離的管理，步法的速度都很理想。

卓清在防禦洪不問的進攻時，壓力很大。

但是……僅限於此。

沒有突然性，沒有破壞力，沒有自己的攻擊節奏。

……沒有靈魂。

卓清對長輩對洪不問的評價打了一個大大的問號。

饒是如此，洪不問的動作一直保持著極高的精度，卓清在他手上完全討不了甚麼好處。

而且奇怪的是，雖然在中距離的試探相當精確，但洪不問幾乎不會主動進攻；甚至連卓清進攻後的攻守交替，洪不問也只是稍稍取到一點甜頭便立馬退開。

雖然很強，但絕不令人絕望。

卓清心道。

時間就這樣過去了接近兩分鐘，眼看餘下來的時候大約只有一分鐘，卓清狠吸一口氣，展開了第一回合的最高潮。

業餘拳擊的賽制在從前是點數制，裁判會就雙方有效地擊中對方的次數計算勝負；而現今的拳擊比賽會以十分評分制作賽。

在每一回合結束後，裁判會以雙方的表現給出評分，具優勢者固定為十分，而弱勢方會給予七至九分不等；三回合打完便以總分定勝負。

這是源自以往點數制的賽事裡，很多拳手專注於以快拳取得點數，在確認自己點數領先的情況下，在餘下的時間只是盡全力逃竄。

這種賽制下，高破壞力的重拳和高風險高回報的反擊打法幾乎絕跡於擂台，後來拳擊總會決定改變賽制，轉用職業拳擊賽制的十分評分法。

而卓清的經驗讓他知道，目前他的評分大概比洪不問要略高一點，畢竟在整個回合中，所有的進攻幾乎都由他主導，不知道為什麼洪不問只是集中在閃躲，甚至連還擊都很少。

正如剛才那兩分多鐘裡頭的無數次進攻一樣，卓清從三四步外距離，壓低身子便往前衝刺而去。

在回合最後的一分鐘，卓清刻意放慢了自己的進攻節奏，拳速也刻意緩了下來。

事實上，卓清的體能還有絕對的餘裕，而他這個做法，是為了打亂對方防禦的節奏。

這種細微的差異，無論是身處擂台之上，還是比賽的錄像，都不容易察覺到。

習慣了略慢的節奏的話，卓清突然提速之際，對手很大機會反應不過來。

面對卓清的突然提速，洪不問亦是眉頭一皺。

他的重心目前仍有些許靠後，以卓清的拳重，重心不穩的情況下卸力的效果會大減。

即使早有準備，但卓清帶著步法的直拳還是有種重得不可思議感覺。

即使是比他重上一，不，兩個量級以上的拳，大概也沒有這樣重。

洪不問連退了兩步，好不容易才能把拳勁卸完站定。

按照常理，這麼重的拳不可能連發，大概再打一拳，這一波攻擊就完結了。

但看見了卓清踏步時的重心移動，深藏於身側的右拳幾乎以撕裂空氣的來勢揮來的時候，洪不問瞳孔猛地收縮，驚覺卓清這一擊並不對勁。

即使已經習慣了卓清帶著步法的加速，但這一拳不但帶著卓清在剛才刻意放慢了拳速的反差，而且卓清將重心前傾到只要動作一停下來就得摔倒的幅度。

兩人的視線倏地交錯，洪不問看出來了。

卓清的眼神，是要在這裡結束這場比賽的眼神。

根據卓清的往績，他是很有耐性的拳手；以體能優勢將比賽拖至泥沼戰而獲勝是他幾乎必勝的戰術。

他從來沒有試圖過在第一回合結束比賽。

正因為如此。

卓清難得地露出了笑意，然後將衝刺的加速力全押於右肩上，全身的旋轉集中於右拳的銳角上。

揮出。

以免夜長夢多，卓清一反以往所有對局的長期戰習慣，去拚洪不問反應不過這一擊。

卓清的這一拳，突然性、速度、落點、節奏，全屬上乘。

即使連台下的馬頭和司徒也對此略感驚訝；至少在這一拳的佈局和安排上，卓清絕對有頂尖拳手的實力。

可是，洪不問躲開了。

右膝內旋，帶動著頭顱往左偏移了不到一個拳頭的距離。

這一拳最後只能在洪不問的臉頰旁邊擦過，拳鋒離洪不問的肌膚大概只有一紙之隔。

那一紙般厚的極限距離，甚至並非「只能夠錯開這麼大的距離」，而是正好相反。

這個距離就夠了。

從頭到尾，卓清的拳鋒都在洪不問的注視之下。

無聊。

洪不問心想。

噹噹噹——

與此同時，第一回合結束的鐘響聲同時響起。

在卓清巨大的錯愕之中，第一回合就這樣落下了序幕。

休息時間，洪不問隨意地倚在擂台邊的角落，甚至沒有必要坐下。

反觀另一邊的卓清已是坐在喘著粗氣，發汗也相當嚴重。

這也難怪——畢竟在第一回台一直由他主攻，體力消耗自然也比一直在防禦的洪不問來得要嚴重許多。

「怎麼樣？」洪不問的後頭，一個中年男人問道。

「師傅。」洪不問向他輕輕低頭致意，然後答道：「比預計中要再快上一點點，但完全在處理範圍內。」

「嗯哼，」洪不問喚作師傅的人，自是當年馬頭的宿敵洪正，他搔搔下巴，道：「剛才那回合……？」

「十比九吧。」洪不問不假思索地道：「整個回合沒有出手，本來是十比八左右……但最後那個迴避應該是扳回來了。」

「正確。」洪正笑著點頭。

「……」洪不問稍稍地沉默，似是不知道該不該說出口：「比起卓清，那邊有一股更叫人不舒服的視線。」

而那個方向，正是馬頭和鄭護一行人。

洪正順著洪不問的視線看去，正好與馬頭的視線對上。

過去了這麼多年，兩人卻依然在那一瞬發現了對方。

久疏問候啊，老友。

馬頭露齒而笑。

那裡面燃點著的戰意，沒有一星半點想要遮掩的打算。

洪正一愣，然後才發現了站在馬頭身邊的鄭護。

……這樣子嗎。

「改變計劃。」洪正也露出了明顯的笑容，道：「下一回合把『那個』拿出來見見光吧。」

洪不問一愣，完全不知道為何師傅會給出這樣的指示。

但他仍是點點頭，答道：「知道了。」

第二回合開始，洪不問覺得卓清的拳變軟了。

他在第一回合實在消耗了太多體力，兩回合之間短短的一分鐘基本就不可能足夠讓他回復體力。

而且剛才用盡了一整個回合所佈局的最後一拳，居然會被他這麼容易地閃避過去……

也許這個精神上的打擊，比體力的消耗遠來得災難性。

真無聊。

依然採取著守勢的洪不問在心裡又暗嘆了口氣。

在這兩回合間，一直採取守勢並不是他的本願，而是師門而來的指示。

不允許主攻，只能以反擊拿下點數勝。

這無疑是極為嚴苛的指令，但也側面地證明了洪家對洪不問實力的自信。

即使師傅說要把「那個」拿出來用……

嘭！

洪不問一愣，然後側腹處傳來巨痛。

卓清用額頭迎上了洪不問的右拳，在他錯愕間踏進了近距離，狠狠地往他的側腹勾了一拳。

驚喜麼？還敢不敢在我面前分神？

卓清視線往上，兩人眼神相交之際，洪不問看到了卓清的眼裡，與剛才那種缺乏體力的進攻絕不相稱的鬥志。

剛才的第一回合的佈局失敗，卓清的體力分配計劃已告失敗。

在第三回合，他沒有信心可以戰勝仍保留著充足體力的洪不問。

那現在，就是我拳擊生涯最後的三分鐘了。

作好了覺悟，卓清毅然放棄了互相試探的中距離，硬接了洪不問一拳，往前再踏了一步，揮拳。

啪。

卓清的拳只是揮出了一半，洪不問已經往他的外側向前踏了一步躲開了對方的拳，然後從下方往上勾出了一拳。

這一拳絕對已經不輕，饒是卓清的體格和經驗，仍是往後蹬蹬蹬地退了好幾步才站得定。

一擊得手，洪不問甚至沒有繼續追擊，只是在原地等著卓清回神，然後繼續進攻。

在台下，甚至連鄭護和葉勇都知道，卓清大概是沒有勝算了。

但卓清笑了。

蹬。

卓清再次踏步，朝洪不問發起了進攻。

啪。

既是家師所命，洪不問開始把反擊拳拿出來用了。

甚至沒有主動進攻，光是反擊拳，就已經令卓清不斷受擊。

卓清的攻擊方式完全被洪不問看破，大部份進攻都以毫釐之差被躲開，然後順著卓清自己往前的反作用力回擊。

好痛啊。

卓清心想。

但卓清笑得更開心了。

既然知道會捱打，咬咬牙忍下來就行了。

只要自己的進攻沒有被打斷，那主動權就在我手上。

啪、啪、啪、啪、啪。

洪不問的回擊很銳利。

他的拳更像是一種銳器，擊中了並沒有身體嚴重後仰、血花四濺這些戲劇性的表現，但那種拳光是擦過，已經會造成鞭子抽擊一樣的血腫。

卓清的臉上，現在已經是火辣辣地痛，剛才有一拳擦過了眼角，右邊的視野因為眼角腫脹，已經缺了一角。

台下，即使卓清的妻子這樣的大外行，也看得清卓清正處於巨大的劣勢。

她緊咬著牙關，好讓眼角打滾著的淚水不留下來。

而那個小女孩大概看不懂台上正在發生甚麼，她只是瞪著大眼睛，看著遠方那個看起來像爸爸的身影。

不用擔心，爸爸會贏的。

卓清心想。

擂台就這麼大，只要不斷前進，敵人總會被逼到角落。

以互毆的覺悟往前，卓清成功將洪不問逼到逃不出來的角落。

說起來簡單，但卓清無疑付出了巨大的代價。

蹬。

踏步。

右手提起，右足尖猛地內旋。

卓清準備了一拳很重很重的後手，只要在這裡打斷洪不問的步伐，就能將對方拉進互毆的零距離戰。

本來該是這樣的——

無聊透了。

勾拳揮出，卓清只看見洪不問的眼裡瞬間爆發出鋒銳無匹的寒芒。

而這……也是卓清對這場比賽最後的記憶。

看到倒了下去的卓清，外界的反應明顯分成了兩種。

被那快得夢幻的拳速所攝去心神的觀眾，自是由衷地發出高昂的喝采。

但包括裁判在內，還記得這一招的，都是從內心憶起當年面對這一招的無力與恐懼。

即使連馬頭也不例外。

但馬頭的嘴角不由自主地往上咧，甚至想要笑出聲來。

跟隨著心跳的加劇，右眼的眼窩隨著心臟的脈動，傳來一跳一跳的痛楚。

久違這麼多年了。

也許是這麼多年沒見過，不習慣了吧。

這拳速……好像比當年的洪正還要快。

但是……假如……他真的能夠完成的話，是不是就可以證明呢？

想到這裡，他內心中的躍動感幾乎要按捺不住。

「看得清麼，小子？」在全場熱烈的歡呼聲中，馬頭強行按捺自己聲線中的激動。

「勉強可以。」鄭護同樣不受觀眾的聲浪所影響，盯著台上的洪不問點頭道。

即使站在較易讀懂全局的旁觀者角度，鄭護也只能很勉強地看得清剛才所發生的事。

在卓清揮出最後那一拳的瞬間，洪不問也同時揮出了拳。

明明先出手的該是卓清，但先擊中的……是洪不問。

那一拳擦著卓清右拳的外線往卓清的下顎刺去，而在揮拳之際，洪不問的重心旋轉帶動著頭顱輕微地右傾；卓清的右拳正好挨著洪不問的耳際擦過，距離之近甚至會讓人懷疑這是一個互相配合演練過無數次的套路。

卓清帶著自己衝刺的衝擊力撞上洪不問的左拳，自是立馬失去了意識。

「這就是傳說中的交叉反擊拳麼？」葉勇向馬頭問道，難掩語氣中的興奮。

「沒錯。」馬頭道：「那是洪家祖傳的絕技『單槍』。」

在那一個年代，洪正的單槍未嘗一敗。

雖然從出道至退隱不過數年，但不僅無敗，單槍甚至沒有被任何人破解過。

而以洪不問那個判斷和起動速度而言，他或許比同時期的洪正要強。

在馬頭回憶之中，即使是身為洪不問之師的洪正，在初出道時也沒有這麼高的完成度。

擂台上，裁判已經完成了十聲的倒數，卓清在四周傳來那震天響的歡呼聲中回復意識，好不容易才坐起身來。

卓清抬頭，頭上那射燈刺眼得叫人昏眩。

他想起四年前。

那個時候，他第一次踏上往擂台的樓梯。

那個時候，那根反射著燈光的冠軍腰帶看起來好像離他很近；近得似乎只要往前再走幾步，便已經觸手可及。

他記得，在那個時候，他可以感受到來自背後的那道目光；那位仍未成為他妻子的女人，同樣願意相信他會將那條腰帶拿下來，別在自己的腰上。

他向那道光伸出手，但那道光耀目得幾乎吞噬了他的整條手臂。

他試著掙扎著站起身來，在暈眩感問幾乎又要倒下去，洪不問見狀，立馬伸出手來扶了他一把。

一切都結束了麼？

他茫然張望，最後目光坐落在觀眾席處，妻子臉上一行淚珠如斷了線似的掛在臉頰，並不知道發生了甚麼事的女兒好奇地伸出小小的手掌，在母親的臉頰上擦著。

一切都……結束了。

「你真的好強啊……」卓清握著洪不問的手，努力讓自己的聲線聽起來不帶著哽咽。

已經快要三十歲的人了，但即使想要強忍著，淚水還是止不住地湧出來。

「你的拳頭裡面……甚麼都沒有。」洪不問看得見卓清在流淚，卻沒有半點想要安慰他的打算：「這樣的拳頭是贏不了我的。」

「這樣麼。」卓清苦笑，拚了命讓自己的語氣聽起來平靜。

是在甚麼時候開始……我突然開始覺得，那條腰帶並不是看起來那麼近的呢？

「大概是因為，你還有回去的地方吧。」洪不問看著觀眾席的方向。

看到擂台上的兩道視線投來，他的妻子抹去了眼淚，向卓清擠出了一個笑臉，拎著女孩的小手向台上揮著。

「這不是挺好的麼。」洪不問道。

「謝謝你。」卓清也頂著滿臉的淚水，硬擠了一張笑臉，然後轉身離開擂台。

「對了。」洪不問喊停了卓清：「剛才……你在抬頭的時候，看到了甚麼？」

洪不問往上指著頭頂那刺眼的射燈。

卓清有點茫然，不知道洪不問到底想問甚麼。

「……不，沒事了。」洪不問目光一黯，轉身走往另一邊，離開了擂台。

二。為了什麼

三。為了甚麼

在看完洪不問的比賽之後，鄭護在次日的練習中，一直不發一言，只是站在沙包前瘋狂地揮出左刺拳。

馬頭本來並沒有阻止他的意思，但鄭護的右肩已經在揮拳時帶著輕微的顫動，再這樣揮下去的話會有拉傷的可能性。

「現在和他打的話，你有多少勝算？」馬頭走到鄭護身旁，問道。

鄭護揮拳的動作應聲靜止，拳頭懸於半空，然後慢慢地放了下來。

「……」鄭護立即回答：「大概是沒有吧。」

鄭護的回答沒有晦氣的成份，也不是未經思考的答案。

「他比我強。」鄭護繼續道：「即使不談那個『單槍』，我暫時也沒有勝算。」

暫時。

也就是說，假以時日，他能信心能夠追上。

但是……沒有處理單槍的方法的話，絕對沒有贏的可能。

在昨天的夜裡，單槍無數次在他腦海內刺出。

而在這無數次中，他並沒有成功反應那怕一次。

「這樣麼。」聽見鄭護的猶豫不決，馬頭回答道。

久違了這麼多年，再一次看見單槍揮出，馬頭有點驚訝自己比想像之中還要平靜。

恐懼並沒有如同預期般來訪，取而代之的是對鄭護的期望。

讓他看到單槍會不會……有點太早了？

「所以，」鄭護扭頭向馬頭道：「教我處理那個的方法。」

幸好鄭護的心理強度比馬頭預想的要強一點。

「沒有。」馬頭坦言：「坦白說，我也沒有成功破解過那個。」

七年前我失敗了，但假如是你的話……

想到這裡，馬頭嘴角咧起了淺淺的弧線。

「……師傅，你笑起來很可怕。」鄭護誠實地道。

「………剛才的左刺拳打得挺好，別浪費了，左刺拳接著打，沒累得手抖別停。」馬頭笑得更燦爛了。

假如不是湊巧葉勇又來了的話，鄭護大概真的得吃上不少苦頭。

「你好你好，歡迎歡迎。」聽見門外響起咯咯咯的敲門聲，然後傳來葉勇的招呼，鄭護立馬一溜煙地跑去替他開門。

這大概是鄭護這輩子對其他人最友善的一次。

「怎麼又來了？」馬頭和鄭護都有點不解葉勇再度來訪的原因：「訪問有問題忘了問麼？還是有甚麼事？」

「那個，」葉勇放下背包，深深地吸了一口氣：「我想跟你學拳擊。」

話畢，葉勇將頭深深地低了下去。

「為什麼挑我這裡？」馬頭皺眉：「你想學拳的話我可以給你推薦拳館。」

「不，我是想向你拜師。」葉勇直起身子，道。

「為什麼會想學拳擊？」馬頭不置可否，只是突然拋出了下一個問題。

「……我失戀了。」葉勇擺出苦澀的笑臉。

「呃……所以想要一個全新的自己麼。」馬頭接道。

「不。」葉勇搖搖頭：「大概是想和過去的自己告別吧。」

「這兩者有甚麼差別嗎？」鄭護問道。

「呃……我也不知道。」葉勇笑得很是尷尬。

「這樣嗎。」馬頭答道，然後向鄭護打了一個眼色。

鄭護點點頭，在儲物間處拿出來一對拳套，然後放在葉勇面前。

葉勇有點不解，向馬頭投去一個詢問的眼神。

「帶上拳套上台吧。」馬頭道。

「這是……」葉勇依然不解，問道。

馬頭走到擂台的梯級旁，為葉勇撐開了圍著擂台的繩子，然後回頭笑道：「入學測驗。」

雖然憑著氣勢勉強地步上了擂台，但葉勇還是處於完全手足無措的狀態。

在旁邊觀視點看來，鄭護帶著的拳套只是包裹著拳頭的大小而已；但是戴在葉勇手上，在幼細的手臂對比之上，拳套大得有點可笑。

「呃……我怎要怎麼辦？」葉勇問道。

「雙腳分開前後，腳尖朝前方，拳頭懸於臉龐前，緊緊地貼著。」鄭護將牙膠塞進自己嘴巴去，然後向葉勇示範了一個正確的防禦站姿。

「你沒有牙膠，所以記得把牙關咬緊，不要講話。」雖然戴著牙膠咬字有點含糊，但鄭護確確實實地能夠說話：「不然可能會死的。」

從鄭護的語氣聽來，裡面並沒有多少說笑的成份。

葉勇顯然是受到了驚嚇，立馬擺出了鄭護所示範的防禦姿勢；然後向台下的馬頭投去了一個求救的眼神。

「總而言之，」馬頭擺出了一個明顯得不能再明顯的幸災樂禍式笑臉，然後按下了計時器：「試著打三分鐘吧。」

雖然是毫無疑問的外行人，但葉勇還是感覺得到鐘響的一剎那的改變。

沐浴在鄭護的視線之下，葉勇的雞皮疙瘩瞬間從背間爬升，就如同被某種肉食動物注視著一樣；剛才只是模仿著對方地懸起的雙臂，立馬變得繃緊起來。

明明兩人之間隔著好幾步的距離，但不過是一眨眼間的鬆懈，鄭護已經出現在攻擊的距離內，然後揮拳直往葉勇的臉門。

對鄭護而言，面對葉勇這種絕對的外行人當然算不上戰鬥，他只是輕輕地將拳推出去而已。

但這並不代表對葉勇而言，鄭護的拳沒有太大的威脅。

雖然鄭護的拳並沒有施力，但從葉勇的視點看來已是快得幾乎在揮拳的一瞬間已經直逼面門。

憑著對拳擊絕無僅有的認識，葉勇倒是很好地用雙臂防住了面門。

嗯哼——

這一輪攻防連台下的馬頭也微微感到了驚訝，雖然早就知道葉勇的眼力不錯，但連反應也是明顯的水準以上這點的確有點出乎他意料之外。

但終歸也是勉強防住了而已，即使鄭護沒有認真發力，拳速還是帶來了不少的衝擊力，讓葉勇退了好幾步。

防得住！

雖然仍是不清楚馬頭和鄭護到底在搞甚麼鬼，但鄭護並沒有在拳上施力這點讓他放寬心了許多。

但現下顯然不是可以讓他放鬆下來的情況，鄭護的進逼幾乎和葉勇的後退同步，甚至可能還快了一點點。

連續退了好幾步，葉勇好不容易才從往後方的衝擊力中緩了過來，想把重心扳回正中，但本該已經停在直拳的攻擊距離內的鄭護又往前猛地踏了一步，然後又揮出了一拳。

這一拳比剛才的那一拳還要來得輕一點，但成果卻是更為出色；葉勇失去了平衡，一屁股坐倒在擂台上。

「重心的破壞」。

在擂台上，能夠破壞對方重心的時機有許多種，比方說無法調整重心的急退；又或者揮拳時的重心前傾等。

但剛才鄭護所瞄準的，是更加難以捕捉的，「重心轉移的瞬間」。

葉勇在受拳之後急退了好幾步，想要站定的時候，身體必須將重心從後傾重新扳往正中，而此時鄭護突然再額外地踏前，恐懼之下的條件反射會讓身體不由自主地後傾，造成身體對重心轉移的混亂。

處於這種狀態下，即使臂部的防禦成功，也會因為重心被破壞而被擊倒。

剛才揮拳之前，鄭護一直緊盯著葉勇的下盤以確認葉勇重心改變的動向。

而葉勇在雙方眼神交會的一瞬，似乎是發現了鄭護的意圖。

雖然因為身體反應不過來而沒有成功，但葉勇的前足剛才的確是奮力想要往前踏。

鄭護不禁開始思考。

假如再快上一點點的話，就趕得及在我揮拳之前穩定住自己的重心。

那一踏，到底是巧合，還是有意為之的結果？

還未來得及得出結論，葉勇已經掙扎著站了起來，說道：「師傅還沒喊停，那就是要繼續的意思吧？」

在接下來的約兩分鐘，葉勇只能在鄭護的進攻下不斷防禦著；雖然鄭護沒有下狠手，但對葉勇而言，那幾記腹部的直擊還是痛得難以忍受。

好不容易才捱到一回合完結，葉勇在鐘響的同時立馬便累得攤坐了下來。

還活著呢……

幾乎是貪婪地大口吸入空氣，葉勇前所未有地覺得能夠呼吸這回事竟然是如此的幸福。

雖然瘦弱，但是體能和毅力完全在水準以上啊……

即使在台下的馬頭，也對葉勇能堅持完一回合這件事有點驚訝。

「很好，合格了。」台下看得興高采烈的馬頭開始拍手，台上的鄭護見狀，雖然還帶著拳套，但仍是啪啪啪地拍起手來。

「嘎？」累得受不了的葉勇甚至連好好地問怎麼回事的力氣都沒有了，只能勉力地發出點聲音提問。

「入學測驗啊。」鄭護道。

花了老半天才緩過氣來的葉勇終於回復了說話的機能，上氣不接下氣地問：「那到底入會測驗是在測些甚麼啊，有沒有天份之類麼？」

反應、模仿對方的能力、進攻的意慾、防禦的天賦。

在葉勇的推測中，像是馬頭這樣的名教練大概是沒有興趣教沒有天份的學生，所以他在剛才的三分鐘內也是拚了命地在除了捱打之外努力著甚麼。

「這個嘛。」馬頭倒是答得很乾脆：「能夠在擂台上站到三分鐘完結就合格了。」

「……只有這樣？」葉勇一臉驚愕，忍不住衝口而出。

「對，只有這樣。」馬頭和鄭護相視一笑。

「但你是這幾年來第一個合格的學生。」鄭護道。

「你也不想看看是不是你下手太狠了。」馬頭笑道。

事實上，在想要拜馬頭為師的人著實不少；畢竟為了生計和給拳總面子，馬頭定期還是得去當康文署拳擊班的教練，其中也有不少想要繼續跟著馬頭學的；但在這幾年來，能撐過這三分鐘的人的確並不存在。

客觀而言，這三分鐘並不是甚麼地獄一般難捱的時光，鄭護也不會真的下狠手，大不了也是打側腹會稍微用力一點而已。

而且這三分鐘也不存在甚麼擊倒或者TKO之類的，即使被打倒了，只要再站起來就行了。

而問題出在馬頭和鄭護作為指導方的不作為。

他們兩人不會在事前解釋測驗的通過條件，只會像這次一樣沒頭沒腦地把你丟上擂台，而且在中途倒下了，也只會默默地看著你能不能自己爬起來繼續而已。

這種讓人不知所措的徬徨感，才是大部份人撐不下來的主因。

「所以，感覺如何？」馬頭拍拍葉勇的肩頭，問道。

「……」葉勇苦笑道：「覺得自己還活著。」

葉勇並不是先天毅力過人，又或者有著甚麼堅定不移的信念。

他只是傷心而已。

那一句「我失戀了。」講得輕描淡寫的，但不代表內心不會痛。

至少被毆打的痛楚是可以被理解的、也清楚知道很快會消失，比起那種無所名狀又如影隨形的酸楚，在擂台上捱幾拳似乎還比較好受。

說穿了不過是一種自暴自棄，懸著自己僅存的自尊放不下的賭氣而已，但就結果而言，還是讓葉勇撐過了這個入會測驗。

馬頭並不理解葉勇想表達的意思，只能笑笑道：「總之你合格了。」

「呃……那麼……」葉勇脫下拳套，有些遲疑地問道：「上課的安排是怎麼樣？都在周幾？我得準備點甚麼？」

「周幾都可以。」馬頭答道：「我和這小子每天都在。」

雖然知道鄭護的訓練密度大概不低，但七天無休還是有點出乎意料之外。

「你的話……大概一周挑兩至三天來吧，每節大概兩小時左右。」馬頭摸著下巴道：「上課之前去買手帶和牙套，拳套的話看你有沒有那個需要。」

「有沒有需要你嗅嗅自己的手就知道了。」鄭護在旁邊插話道。

葉勇完全不疑有詐，將自己雙手的手背放到自己鼻前一聞，差點沒被那種臭味薰死過去。

那種多年間不同人的汗臭交疊在一起然後從來沒有洗過以致深深地融合在一起的惡臭，硬要形容的話就是像發酵過然後再泡在水裡的動物屍體一樣。

「這裡不是學生很少的小型拳館麼……」薰得幾乎要掉眼淚的葉勇好不容易才忍住作嘔的慾望，問道：「怎麼會臭成這樣？」

「唉呀……沒辦法啦。」馬頭搔搔後腦道：「平常教康文署拳擊班都是用這些的，因為很麻煩所以從來都沒洗過呢。」

「那你至少阻止一下他叫我嗅啊?!」葉勇激動得比剛才無端上台挨打還要生氣。

「因為很有趣嘛。」馬頭笑道：「再說你現在就知道有沒有需要買拳套了，對不對？」

對……一定得買，然後終有一天我一直要揍扁面前這兩張笑得十分欠打的臉。

葉勇邊衝去洗手，邊在心裡暗暗咬牙道。

＊＊＊

時間就這樣過去了幾個月，離鄭護和洪不問的比賽只剩下不到兩周時間。

正如鄭護在首次步上擂台之前一樣，馬頭完全沒有打算為對上洪不問的比賽準備任何特訓。

而葉勇在入會測驗合格的第二天，便火燒屁股似的去了買拳擊用品，當晚便開始到拳館練習。

而他到訪拳館的次數比鄭護和馬頭預想要來得多很多很多。

連「幾乎」這個頻率副詞都沒有必要用上，他每天都來。

以馬頭的隨便，他依舊以訓練業餘比賽拳手的高強度來訓練葉勇；由他親自出馬、絲毫沒有放水的實戰訓練和「打到自己受不了為止」之類模糊不清的練習指令還是一如既往地不講理，沒有半點優待初學者的打算。

這種強度的訓練下，嘔吐絕對是家常便飯，但葉勇依然每天都來。

即使是另一天的小腿酸痛得連走樓梯都痛，手臂酸軟得想揮拳都腦門發白，他依然每天都來。

即使在馬頭的標準而言，這也是異常的。

「還好，沒到受不了。」但在馬頭和鄭護的關心之下，葉勇只是這樣淡淡地回答。

而原因仍是一樣，他只是傷心而已。

這種幾乎是自虐的訓練，恰好讓他無處容身的心靈有一點難得的寄託。

至少像他說的，這種痛苦有一種「活著的感覺」。

而在另一方邊，葉勇的出現對鄭護的練習造成了相當大的改變。

雖然葉勇的拳頭在速度和力量上都遠遠低於能夠與鄭護對練的水平，但葉勇的某一處的確遠在水準以上。

眼力。

在擂台上，攻防的回合輪替是以秒為單位進行的。

而為了突破對方的進攻而強行製造攻守交換的良好時機，比方說即將揮拳的瞬間、重心移動的剎那、左右拳之間的空隙等等，甚至在零點五秒之下。

雖然視力不是拳擊手的必需品，但優秀的眼力無疑是極為強大的武器。

在鄭護不下重手，拳速不能推至極限的前提下，葉勇能偶爾在鄭護拳下撐滿三分鐘不倒，而他在極少數情況下，甚至能抓到鄭護兩拳之間的空隙勉強還上一拳。

雖然拳速欠奉、角度和落點也不夠精確，但其眼力所捕捉的時機實在相當優秀；即使鄭護能夠強行靠反應抵擋下來，也足以打亂鄭護的節奏。

本來雙方實力水平相差太遠，他倆之間本身不應該進行實戰訓練，但馬頭還是默許了這件事。

因為葉勇的拳，與洪不問的單槍有相似的地方。

而這一夜正好葉勇的精神狀態特別好，所以他們在馬頭回家睡覺後，仍留在拳館繼續對練。

代表回合完結的鐘聲剛剛響起，出汗多得像是從水裡撈出來葉勇好不容易才鑽得過圍著擂台的繩子、勉強走向台下。

咯咯。

鄭護和葉勇互相交換了一個懷疑的眼神。

眼下已經快要十點了，拳館外走廊的燈都是關著的，應該不會有人在這個時候出現。即使是馬頭忘了東西回來拿，他也該有鎖匙；即使他忘帶鎖匙，敲門的聲音也是大大咧咧地呯呯咚咚的，才不會像是現在這麼溫文。

「等一下，正在來。」雖然疑惑，但也沒有不開門的理由；葉勇強抵著腿腳的酸痛，走過去打開了門。

「你好。」門外的來客向葉勇輕輕點了點頭：「我來找……鄭護。」

即使讓葉勇和鄭護猜多少次，也不可能猜到這時候來訪的人到底是誰。

葉勇呆然了半晌，好不容易才回過神來讓開了身子讓他進來，然後嚥了嚥口水，跟坐在擂台拉筋的鄭護喊道：「鄭護，洪不問找你。」

那位晚上十點到訪、正張望著往擂台方向走的，正是下周鄭護得對上的洪不問。

「謝謝。」洪不問微微向葉勇致意，然後走去擂台的方向。

在上次比賽時，葉勇只是遠遠的在觀眾席看到洪不問，此刻在這麼近的距離下才驚覺，洪不問的身體以拳擊手而言實在莫名的瘦弱。

能夠在擂台上發光發亮的，大多都擁有優秀的臂展，畢竟攻擊距離幾乎沒可能靠後天訓練取得；鄭護的臂展在葉勇眼中已是相當的驚人，但從洪不問垂著的雙臂看來，他的臂展大概比鄭護還要再長一點。

而且洪不問整個人看起來十分纖細。

雖然為了速度，拳擊手並不會追求過於壯碩的肌肉，但即使以鄭護為標準，洪不問也是細了整整一圈。

可是這並不代表洪不問身上沒有肌肉；反而他的肌肉線條十分明顯，只是幾乎是緊繃地貼著骨頭之上。

硬要形容的話，洪不問的線條更像一個芭蕾舞者。

除了身形之外，洪不問束著一頭垂下大概能到下巴的長髮，現下綁了一個小小的髮髻在腦後。

雖然比賽中對拳手的髮型沒有特別的要求，但一般而言不會束長髮，畢竟在打擊戰中髮繩可能會鬆脫，長髮有機會會遮擋著自己的視線，二來被打擊時頭髮大幅度的晃動也容易讓裁判認為打擊有效。

也許是留了長髮和體型纖細的關係，洪不問並沒有一般拳手那種剛強的氣勢，但細長而筆直的眉毛和極薄的嘴唇予人一種十分鋭利的感覺。

「你就是鄭護？」洪不問走到擂台旁，問道：「馬頭的徒弟？」

「對。」鄭護不知對方來意，不禁皺眉。

「能不能和我打一場？」洪不問道。

「為什麼？」鄭護輕輕皺起眉頭。

沒有拒絕。

葉勇在後面聽出了鄭護的反問並沒有拒絕的成份。

「馬頭不在，私下對決不太好吧。」葉勇語帶慌張：「而且我們練習了一整天，你的體力也……」

緊張之下，葉勇的語速莫名地快了起來。

「沒關係。」鄭護打斷了葉勇的話。

「可以。」然後他轉向洪不問，問道：「那個『單槍』，你會拿出來用麼。」

面對自己幾乎是束手無策的對手，鄭護有點緊張、也有點興奮。

雖然鄭護這邊並沒有刺探和虛張聲勢的成份，但洪不問這邊要怎麼解讀又是另一回事了。

看洪不問的表情，似乎並沒有因為鄭護知道單槍而驚訝。

「……」他只是不予可否，答道：「假如有那個需要的話。」

「那就行。」鄭護帶上拳套，慢慢走上擂台。

在擂台的一角，鄭護輕輕地跳動著，讓身體準備好。

雖然經過了一天的訓練，但和葉勇的實戰訓練對鄭護而言並不怎麼消耗體力，所以他現在的狀態可謂十分良好。

而洪不問在另一邊，並沒有因為鄭護早已準備完成在等他而加快手腳，而是像是對上卓清的時候一樣，輕柔而專注纏著手帶。

纏畢，他將右拳預懸於額前，靜止了好幾秒。

大概是在檢查手帶有沒有懸好……？

葉勇對洪不問的動作有點不解，將其如此解讀。

「讓你們久等了。」洪不問將手從額外挪開，擺好拳姿道：「可以開始了。」

眼看雙方眼裡都燃著明顯的戰意，葉勇深知沒有可能改變他倆的決定，只好長長地嘆了一口氣，打開了擂台的射燈，走了上台充當裁判的角色。

「這裡的射燈不錯。」洪不問一瞥眼上亮得刺眼的射燈。

似乎一線的拳手全部都有含著牙膠仍然能清楚地咬字的才能。

「呃……過獎。」對於洪不問莫名奇妙的讚賞，葉勇有點不知道如何回答。

洪不問也只是笑了笑，沒有將話題繼續下來。

「那麼……」葉勇將手懸起，等著雙方示意自己準備好，但兩人的眼裡中已只有對方，沒有回應葉勇的打算。

「BOX。」葉勇揮下手，示意第一回合開始，然後立馬向後急退。

正常而言，裁判並沒有需要這樣做，尤其是第一回合；畢竟在比賽剛開始時，最常見的一定是雙方慢慢地調整距離，會讓裁判圈入進攻圈的情況並不多見。

而葉勇之所以急退，主要因為他看到鄭護的步姿明顯地異於平時，尤其是小腿後方處的腓腸肌更是繃得緊緊的。

嘰！

在葉勇的手往下揮，然後往後急退的瞬間，刺耳的嘰響直衝葉勇右耳，鄭護在最初選擇了主動出擊；壓低身子衝刺就是一道組合拳直朝洪不問攻去。

洪不問明顯留有餘裕地防住了這個攻勢，然後如同教科書般抓準了鄭護一輪攻勢完結後的時機反攻了過去。

肺裡的一口氣已老、呼不出來的情況下閃躲絕不明智，鄭護稍微抬高了雙臂，準備硬擋洪不問的反擊。

嘭。

不過是前手直拳，鄭護的防禦架式幾乎被打崩。

怎麼這麼重?!

鄭護不禁在心中驚叫。

在卓清對洪不問的比賽裡，卓清在接下洪不問的拳時，並沒有太明顯的晃動，讓鄭滿有了洪不問的拳並不太重的錯覺。

但他似乎忘記了，卓清可是在以拳勁剛猛無匹聞名的赤虎出身。

能在卓清身上打出晃動的拳，絕對不容易處理。

和之前對上過的張耀強相比，洪不問的拳居然還再重了幾分。

那並不是單純用肌肉支撐出來的拳重，而是身法和施力的方式完美重合下的拳重。

既然是擋不下來，鄭護立馬放棄了慢節奏的攻防交換，切換成快節奏的速攻。

從遠距離切入、在極限距離進攻、無論得手與否都不戀戰立馬撤出。

對反擊型拳手而言，這種戰法無疑能夠封鎖他們的反擊。

而洪不問並沒有打算改變這種走向，反而毫不猶豫地加快了自己的速度，選擇了和鄭護對攻。

邊上鮮紅的電子鐘跳動還不夠半分鐘，兩人已經交換了數回合攻勢，最後一個小節以鄭護的刺拳從洪不問的耳際擦過作結；雙方就有如早已綵排過似的同時往後退了幾步，然後同時深深換了一口氣，又雙雙切入中距離繼續高速攻防。

這樣的高密度攻勢交換在第一回合的開始極為罕見，尤其在業餘制的比賽裡面。

畢竟再怎麼鍛練，人類的體力也是有極限的。

與職業比賽的十回合賽制不同，業餘拳擊的比賽只有三個回合，意味著職業制中常見的主動放棄某一部份回合，以消極的防守回復體力的戰略並不可行，也不存在互相試探摸底的低消耗回合。

所以在業餘賽制中，體力管理的要求甚至比職業制還要嚴苛。

在這種前提下，沒有目的地消耗體力是很危險的。

尤其加快節奏是一種雙向的舉動，只要對方決定奉陪，那就只會雙方越來越快；提速容易，要再慢下來就難了。

除了毫不考慮體力之外，鄭護的攻勢同時亦異常地冒進。

在這幾周內，葉勇和鄭護進行了數之不盡的實戰訓練、同時亦無數次旁觀馬頭和鄭護的對練；站在台下的葉勇很清楚鄭護平常的進攻是怎麼樣的。

而鄭護現在的進攻模式完全放棄了變招和防守的可能性，只是為了讓拳速和攻勢再猛烈一點點。

而更令葉勇不解的是，面對著鄭護無謀的進攻，洪不問卻毫不猶豫地選擇提速與鄭護對攻。

事實上，戰況會演變成這樣的理由很簡單。

鄭護根本沒打算打完三回合。

無論是這種急速的節奏還是冒進的攻勢都是苦肉計。

為了把單槍釣出來的苦肉計。

無論其他戰略多完美也好，只要破不了單槍，就不可能打敗洪不問。

既然如此，那倒不如在體力充裕的第一回合把單槍逼出來。

畢竟今天的目標並不是贏，而是切身感受一下那個單槍的威力。

在兩人越趨急促地對攻的同時，雙方竟不約而同地漸漸露出了微笑。

兩人的笑容都帶著差不多的意思。

「我知道你的意圖。」

發展至此，葉勇終於在兩人的笑容上理解了他倆的用意。

假如還是三周前的葉勇的話，即使眼睛跟得上，也沒有辦法理解這種戰略面的選擇；但經過幾周的頻密對練，葉勇的眼力也明顯上了一個台階。

以現在這種荒唐的速度消耗體力話，鄭護的體力大概會在第二回合的後半消耗盡。

換而言之……他沒有打算打完三回合。

鄭護正在試圖將整個交鋒過程濃縮在第一回合中。

無關體力和意志，只在技術的層面上，讓大家的底牌都在第一回合結束前翻出來。

既然能夠解讀鄭護的意圖，洪不問的笑容亦變得容易理解起來。

有本事逼得出來的話，就來試試看啊。

在這種火藥味逐漸濃烈的情況下，兩人的第一回合慢慢接近白熱化。

假如說洪不問在初開局有甚麼劣勢的話，就是比賽前沒有熱身的時間；現下經過了一分來鐘的暖機，加上兩人高密度的中距離戰，體力消耗之下他身上已經發了一層淡淡的細汗，肌肉的施力和力矩的旋轉亦沒有了初初那略帶乾澀的感覺。

第一回合的結束越來越近，戰況亦漸趨白熱化。

在高強度的攻防之下，兩人都陸續出現了有效打擊；鄭護的右臉頰被直拳直擊，洪不問的側腹亦狠狠地挨了一記勾拳。

但戰況並不樂觀。

雖然差距不至於令人絕望；但洪不問的確比鄭護要來得強。

無論是步法還是出拳的時機、節奏；鄭護已是幾乎盡了全力，但也只能勉強保持均勢，而洪不問那邊明顯留有餘裕。

左右直拳連擊，然後左拳的側腹勾拳，然後右拳的頭部直拳。

一套連擊之下，鄭護在最後的勾拳刻意地揮得很重，打斷了對方的動作然後急退了兩步。

洪不問沒有打算阻礙鄭護調整呼吸，只是在原地等待著。

鄭護將肺部積存的廢氣全部吐出，然後猛地吸氣。

在呼氣時壓得扁平的每一顆肺泡，在吸氣時猛地膨脹，攜同海量的氧氣隨血液移往全身。

在剛才的猛攻之下，缺氧而帶來的一點點昏眩感在氧氣的衝擊下登時盡消。

電子鐘的「10」也在這個時候跳進「09」。

鄭護後腳猛地一蹬，再次進入了對方的攻擊範圍。

洪不問並沒有打算打斷對方的攻勢，毫不猶豫地選擇正面防下來。

左刺拳、右直拳。

和剛才一模一樣的套路。

一般而言，人們總會覺得高強的拳擊手，其可用的連擊模式一定千變萬化，絕不重複，雙方的對賽並沒有模式可尋。

但事實上，越強的拳擊手，反而越喜歡和擅長使用同一套連擊。

與其練一堆對應力和破壞力不足的攻擊，不如專精於同一款進攻模式，然後再以此為中心調整自己的戰術。

控制出「能夠擊出這個」的距離、創造出「適合擊出這個」的機會、計算出「無法防禦這個」的時機，然後擊出。

將自己最習慣的、最擅長的、最強勢的一擊打出。

而鄭護在用的這一套連擊正是馬頭最初教他的，他最擅長的一套連擊。

洪不問在這回合已經接過少說有五次了，雖然作為主攻的連擊而言並不怎麼刁鑽，但畢竟那側腹的勾拳實在沉重，不得不刻意去防；而且多年的練習下動作的連貫性亦極為優秀，並不容易在兩拳之間打斷。

兩拳結束，洪不問本能地將右手的手肘向下沉，準備硬接鄭護的側腹勾拳。

鄭護的身體明顯左傾。

但所謂的「同一套連擊」，並不相等於「一模一樣的攻擊」。

節奏的變換、次序的更動、甚至打擊的位置，只要一點點修改就可以帶來莫大的變化。

鄭護因為體力急劇消耗而苦著的一張臉，又突然地掛上了笑容。

側腹勾拳——才怪。

洪不問瞳孔猛地收縮，發現了鄭護動作的異常。

以側腹勾拳而言，旋轉的幅度實在太少了。

右面！

鄭護跳過了第三拍的勾拳，將中軸線再度旋往右面，然後左刺拳直奔洪不問下巴。

速度比整個回合每一次連擊的最後一記都要來得快。

鄭護出手的時機不得不說是絕妙。

他在這一回合中多數使用同一套連擊，甚至連變奏都很少，就是為了培養洪不問對這一手的神經反射。

為了提防側拳的勾拳，洪不問的右臂反射地往下沉了好幾公分，不可能來得及防禦。

早就推算到這個回合最後的幾秒絕不會太平的葉勇連眨眼都不敢，生怕看漏了甚麼。

而洪不問笑了。

如葉勇所預期的、如鄭護所計算的。

洪不問的左拳揮出、仿如雷鳴電閃。

洪不問的拳很快。

快得超越了鄭護和葉勇的眼力極限。

從鄭護的視點看來，這一拳仿佛穿越了時間。

明明先出手的是鄭護，卻快得似是洪不問率先揮拳似的。

即使是全神貫注地緊盯著的葉勇，也只是比上次和卓清的對決要看得清楚稍微那麼一點點，勉強只能看清那一拳的軌跡。

雖然不重，但洪不問的那一拳完美地點中鄭護的下頜。

人的頭顱就是一個容器，一個裝著腦部的容器。

而命中下頜的拳，能夠將其衝擊力有效地帶往腦上。

昏眩感排山倒海般侵襲鄭護的意識。

……而他精心佈局的那一記右拳的確有傳來命中的手感，但太輕了，大概並沒有打實。

為什麼是「大概」？

因為鄭護的意識，已經沒有辦法清醒地判斷這一拳有沒有確認地命中。

與此同時，鮮紅的數字洽好歸零，意味著回合結束的噹噹聲亦同時響起。

洪不問聽見鐘響，往後退了兩步。

而鄭護睜開眼睛，看見的是頭上刺目的白光燈。

「嘖。」鄭護轉頭看旁邊的鐘，知道這回合已經結束了，勉力想要坐起身來，但腦海的暈眩感仍在，略作掙扎之後又攤回了地上。

而另一邊的洪不問靠在擂台旁的繩子上，一語不發。

在葉勇的攙扶下，鄭護好不容易才站了起來。

嚴格而言，鄭護在回合結束後才倒下去的；但假如剛才的那一拳在比賽中命中的話，那毫無疑問會直接讓比賽結束。

「我輸了。」鄭護很乾脆地道：「所以，你來這麼是為什麼？」

「……」洪不問略作沉默，道：「我師傅敗了給你師傅……所以他對你師傅的傳人很感興趣。」

聽到這裡，葉勇不禁眉頭一皺。

雖然上一代的恩怨，他作為完完全全的局外人是不可能清楚的，但至少客觀的事實還是能在當年的新聞查到。

當年的馬頭，退役之前的最後一戰，就是對上洪正的護級戰。

而當年的賽果，勝出的明明是洪正。

而馬頭亦在這一役眼睛受傷，最後離開了拳壇。

那到底為什麼……在洪不問口中，洪正會說他打不贏馬頭？

「所以我想來看看，馬頭的傳人到底有多強。」洪不問道。

「對不起，讓你失望了。」鄭護回答道。

洪不問沒有作聲，似乎是默認了這個觀點。

洪不問很強，這點絕對無容置疑。

但與此同時，鄭護有點迷惑。

雖然洪不問很強，但是在他的拳頭裡面，鄭護沒有感受到洪不問的執著。

即使是最後斷定勝負的那一拳，也只是單純地為了完結比賽而揮出的拳頭而已。

沒有對勝利的執著、沒有想擊倒對方的欲望，甚麼都沒有。

那裡面空空如也，就像是機械揮出的拳頭一樣。

「對你來說，拳擊是甚麼？」鄭護忍不住問道：「你喜歡拳擊麼？」

「……」洪不問沒有回答，只是反問道：「剛才睜開眼睛，你看到甚麼？」

鄭護最初有點不解，但看到洪不問伸出手指朝上，便理解了他的意思。

鄭護回想起剛才回復意識，睜開眼睛的時候。

那射燈刺眼得叫人眼睛生痛，淚水也會不自覺地流出來。

而那討厭的白光即使閉上眼鏡，也會在眼眶裡留下虹彩色的烙印。

而那烙印，看起來像是……

「我自己。」鄭護幾乎不經思考，給出了自己的答案。

「是麼。」洪不問對這回答不置可否：「我該走了。」

並沒有打算回答問題，也沒有打算將話題繼續下去，洪不問脱下了拳套決定離開，而葉勇送了他到門外。

「剛才……」葉勇的語氣帶著明顯的猶豫：「你……是不是放水了？即使連最後那個『單槍』也……？」

作為旁觀者，以葉勇的眼力，勉強看得出來。

比起對上卓清的時候，洪不問的速度似有還無地慢了一點。

剛拉開門想要離開的洪不問回頭道：「你是不是誤會了甚麼？」

「剛才那個並不是『單槍』，」洪不問道：「只是普通的反擊拳而已。」

語畢，洪不問便轉頭離去，只留下葉勇立於原地，呆然良久。

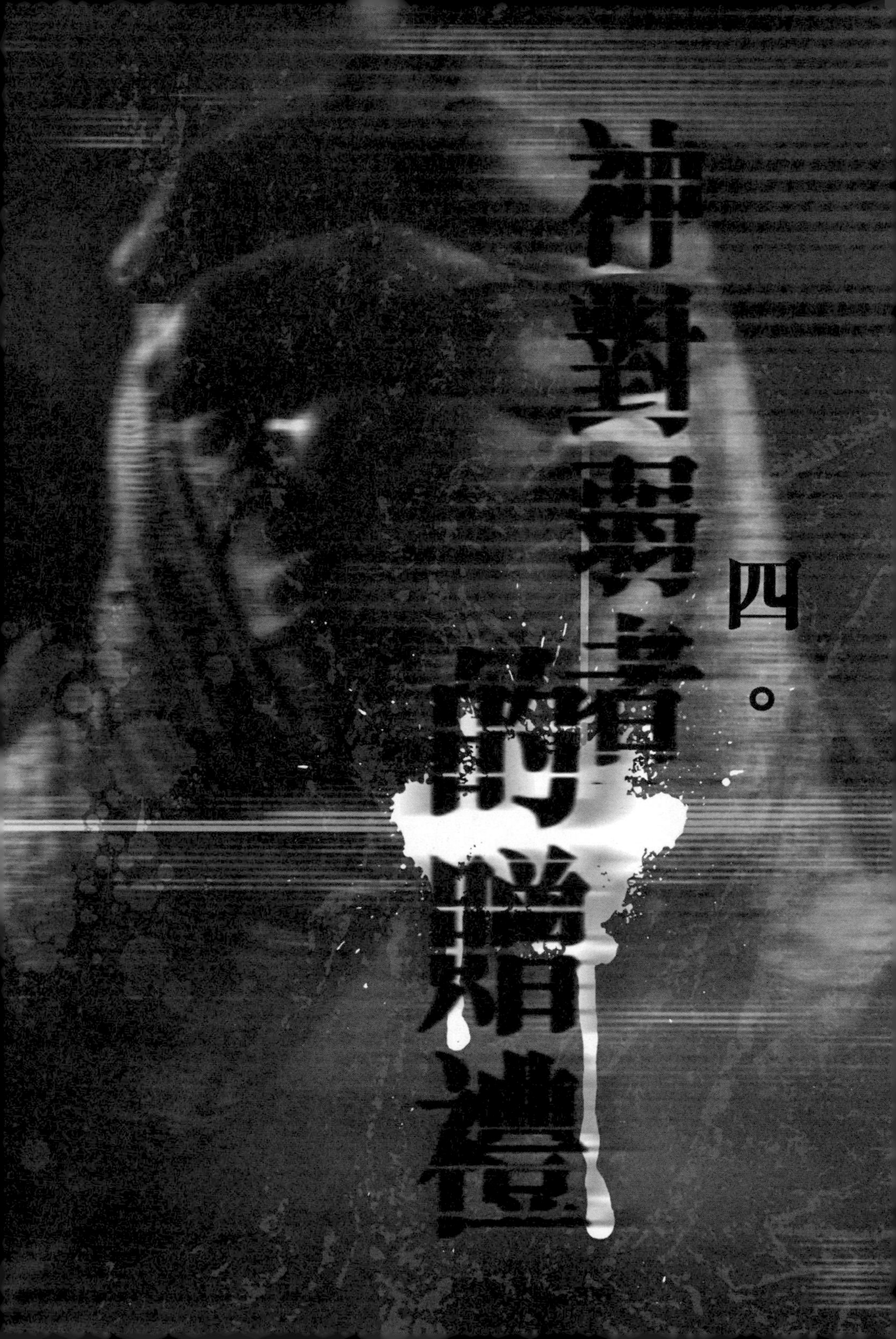

四。神對某者的贈禮

在那之後，鄭護極為罕見地翹了課。

講得嚴格一點，這是他從學拳以來，第一次翹了課。

最初馬頭還感到很奇怪，畢竟他也從未見過那個小子突然消失得無影無蹤。

葉勇原本曾經打算將昨夜的事瞞下來，畢竟這種私下的對賽本來就可能會惹怒馬頭，更何況對方就是那個洪不問。

但鄭護人都跑了，要瞞也是實在無從瞞起，葉勇只好把昨天的事一五一十全向馬頭說了出來。

聽畢，馬頭沉默良久，然後只是長長地嘆了一口氣。

他很期待有一天，鄭護和洪不問能夠一戰。

他會把鄭護撿回這裡，有意無意間也與這個期望有關。

但絕不是這個時候，也絕非這種形式。

這樣子的發展，反倒成為了馬頭最不希望發生的情況。

「那怎麼辦，要去找他回來麼。」葉勇小心翼翼地問道。

「……沒有那個必要。」馬頭答道：「給他一點時間吧，這道坎，得由他自己跨過去。」

「我相信，」馬頭道：「他會跨得過去的，所以給他一點時間吧。」

「這樣嗎。」葉勇雖然大概能理解馬頭的意思，但沒有辦法具體地述之於口。

「對了，」葉勇突然想起，然後問道：「昨天，洪不問說他師傅輸了給你。」

馬頭眉頭一皺，然後長長地嘆了口氣。

這麼多年了，他還是這麼執著麼。

「然後呢，」馬頭沒有回答這個問題：「他還說了甚麼？」

「沒有了。」葉勇坦然：「那傢伙古古怪怪的，話也不多，上來沒兩句就想要要打架。」

「嗯哼？」馬頭道：「那倒是和他師傅完全相反，那傢伙婆婆媽媽像個女人似的。」

「你跟他很熟麼？」葉勇問。

「畢竟對上了這麼多次，老對手了。」馬頭笑笑道：「就算算不上熟，勉強也是知道他為人的。」

「我可是看著那個『單槍』越來越可怕的。」馬頭嘆了口氣。

「所以他是個好人哦？」葉勇有些驚訝：「我還有點先入為主覺得他們師徒都是壞人。」

「為甚麼？」這回換馬頭不解了。

「那個……反擊拳嘛。」葉勇解釋道：「你不覺得在任何一個講拳擊的故事裡面，用反擊拳的都是反派麼，而且大部份都是古古怪怪的。」

「………好像也沒錯。」馬頭仔細想了想，道：「事實上這樣講也有點道理，畢竟反擊拳正常人可練不來。」

「甚麼意思？」葉勇問道。

伏。

馬頭的拳頭離葉勇的鼻尖大概只有不到一公分的距離。

葉勇的視線大概有八成被馬頭的拳頭所遮擋著，剛才那一拳的風壓甚至讓他的鼻頭感到微涼。

「可怕麼。」馬頭問道：「眼睛有沒有閉起來？」

葉勇只覺得剛才那一瞬腦門發白，眼睛下意識地閉了起來，心臟呼咚呼咚地跳。

雖然並非在擂台上，但閒聊間葉勇也是看著馬頭說話的。

可是那一拳，葉勇甚至連馬頭是甚麼時候出手的都看不清。

「可怕。」葉勇坦然：「有，閉得死死的。」

「所謂的反擊拳，就是每天都千次百次地模擬這種情況，然後讓自己習慣。」馬頭道：「習慣得可以睜著眼睛看對方出拳、習慣得可以知道對方的拳正直奔自己面門而不躲不閃、習慣得可以壓止自己防禦的反射動作，轉而出手還擊。」

這樣一講，大概也是可以理解，畢竟反射動作可是深深紮根於人類本能中的行為。

摸到燙的東西會縮手、有東西急速接近臉龐會閉眼、知道即將被打到會肌肉繃緊。

雖然搏擊運動在本質上就得違反許多反射動作，例如不閉眼緊盯對方的攻擊、受擊時保持肌肉柔軟不繃緊等；但反擊拳需要的，可是遠在此之上的執著。

「能把深植於人類內心深處的本能抹去的……還能稱為普通人麼。」馬頭看著自己的拳頭，道。

「所以……」出於好奇，葉勇又把話題繞回了是個男孩子都會感興趣的話題上：「你覺得你和洪不問的師傅，誰比較強？」

「那可不好說。」馬頭攤攤手：「只要站上了那個水平，勝負就不是客觀條件可以定奪的東西了。」

「臨場發揮、戰略、佈局、心理素質，實戰中會影響戰局的因素太多了。」馬頭解釋道：「倒不如說，在那個水平的對局，斷定勝負的就是互相之間戰意的碰撞。」

……老土死了。

但從馬頭的表情看來，他似乎對自己這番說辭很是滿意，所以為了自己的生命安全，葉勇並不敢將自己的心聲表達出來。

「但你破得了吧？」葉勇問道：「那個『單槍』。」

……馬頭低頭不語。

七年前的他失敗了，所以他也不知道自己的答案到底正確與否。

馬頭並沒有直接回答，而是反問道：「你覺得那個『單槍』的本質是甚麼？和普通的反擊拳又有甚麼區別？」

馬頭的反問，讓葉勇想起洪不問離開之前的那一句。

「那個並不是『單槍』，只是普通的反擊拳而已。」

葉勇本來並不相信這一句。

心存僥倖，認為洪不問只是在虛張聲勢。

畢竟在他眼中，那一拳和他擊倒卓清的一拳是完全一模一樣的；既然擊倒卓清的那一拳已經被馬頭斷言為單槍，那擊倒鄭護的自然也該是單槍無疑。

但也許，在更深一層的原因上，葉勇只是想否定這件事。

鄭護可是拚上了一切，甚至用上了可謂卑鄙的手段，才能勉強抵銷那個反擊。

假如那個並不是單槍，只是單純的反擊拳的話……那麼鄭護對上洪不問，不就完全沒有勝算了麼？

葉勇沒有向馬頭提起過這件事。

但馬頭此刻這樣子談起，瞬間便壓垮了葉勇的想法。

「事實上，他在臨走之前有說過。」葉勇道：「說是他用的那個並不是『單槍』，只是普通的反擊拳而已。」

「既然他這樣講了，大概是事實吧。」馬頭皺眉思考：「他又不是輸了的那一方，沒有說謊騙你的必要。」

「那麼，」葉勇問：「到底『單槍』和普通的反擊拳有甚麼區別？」

「嗯哼——」馬頭摸著下巴想了想：「上台吧，我示範給你看。」

「哈？」馬頭給出的回應太超乎葉勇意料之外，讓他完全不知道該如何回應：「你會『單槍』？」

「這個嘛……」馬頭大概是懶，沒有纏手帶便帶上了拳套：「和他打這麼多次了，假如只是劣拙的模仿，而且對手很弱的話，大概還是能在某些時機用得出來的。」

……我是知道我很弱啦，但也沒要說得這麼直接吧……

雖然內心想這麼說，但葉勇只是應了一聲好，便帶拳套和馬頭上了台。

和馬頭實戰這回事，事實上並不是甚麼很可怕的事，因為馬頭真的很強。

畢竟拳腳無眼，在擂台上又有體力消耗和被打到會痛的客觀事實，即使本來說是普通的實戰練習，到最後有人無名火起以致有一方受傷的事其實也時常發生。

但和馬頭打倒是完全另一回事；馬頭可以很輕鬆地將自己的戰力調整到只是剛剛比你強一點點的水平，這讓實戰的時候不會有被人單方面踩躪的絕望感。

順帶一提，「被踩躪的絕望」就是葉勇對上鄭護時的感受。

對局開始了大約不到一分鐘，馬頭並沒有很主動地進攻，只是偶爾用簡單的組合試探和誘導葉勇還擊；而葉勇這邊因為緊張和實在弄不懂馬頭的意圖，打得十分保守，甚至有點僵硬。

「放鬆一點攻過來，不會打死你的。」馬頭連牙膠都沒有帶，講話自然輕鬆自在。

葉勇帶著牙膠咬字不清，只是點了點頭，便往馬頭處攻去。

既然系出同門，鄭護在對上洪不問時所用的左右直拳接側腹勾拳和左刺拳的常用連擊，葉勇自然是也會用的；只不過練習量所限，用起來當然沒有鄭護般乾淨利落。

同樣的連擊，葉勇用起來慢了許多，也帶著些許多餘的動作。

馬頭防住了初手的兩下直拳，畢竟套路是自己教的，自然左手反射性地往下沉了一點，想要抵擋葉勇第三擊側腹勾拳。

但葉勇也是瞄準了這一著，想要模仿昨天的對局。

右手只是虛晃，左肩一旋傳直奔馬頭面門而去。

伏。

但馬頭完全看破了這個變奏，下一瞬間他的右拳便往前刺出，順著葉勇臂內的弧線往葉勇的門面而去。

這一手完全崩解了葉勇的第三拳。

馬頭的拳門恰好停在葉勇的鼻尖前。

「這是普通的反擊拳。」馬頭道，然後退開了兩句：「剛才的進攻方式，一模一樣地再試一次。

葉勇點點頭，又用同樣的模式攻去。

左右直拳，然後第三拍虛招，直接接上左刺拳。伏。

馬頭的拳頭再一次停在葉勇的鼻尖旁。

「這是『單槍』，」馬頭道：「分得出來麼？」

「分不出來。」葉勇老實地道。

在葉勇眼裡，馬頭兩拳都快得他幾乎反應不過來，自然不可能分辨得出有甚麼差異。

「那試著打滿三回合吧。」馬頭道。

三回合過後，好不容易才撐到鐘響的葉勇立馬便坐倒在台上，拚命地喘著粗氣。

「有沒有這麼誇張。」馬頭倒只是出了薄薄的一身細汗，講話也是順暢自在。

葉勇的消耗的確很劇烈。

葉勇明知馬頭將會不斷地用反擊拳，每次進攻都不敢全力揮拳，總是留著兩三分力在馬頭用反擊拳時往後退。

雖然馬頭的控制力到最後都是這麼完美，他的反擊拳往往能夠架開葉勇的拳頭，然後恰好停在葉勇的鼻尖前。

饒是知道馬頭不會傷到他，這種陌生得很的對局還是讓葉勇的體力消耗得遠比往常要快得多。

在這三回合的多個攻勢中，馬頭分別擊出了多個「普通的反擊拳」和『單槍』。

「分得出來麼。」馬頭脫下手套，問。

葉勇仔細地思考著兩款反擊拳的差異，但體力劇烈消耗之下，腦門發白根本就沒有辦法好好思考；他只是覺得單槍好像比較快。

「分不出來。」葉勇喘著粗氣道：「只是『單槍』好像比較快。」

「比較快麼。」馬頭立馬興奮了起來，追問道：「為什麼會這樣想？」

「……」葉勇頂著因為缺氧而發茫的腦袋努力思考，但還是沒有結論：「不知道，就是好像比較快。」

「嗯哼。」馬頭不置可否：「那就算了，講了你也理解不了。」

大概是因為腦門發茫而思考不順，甚至連保命的警覺性都沒有了，葉勇毫不猶豫地朝馬頭舉起了中指。

在接下來的下一天、再下一天、再再下一天、再再再下一天……葉勇以比之前還要再快的速度進步。

因為馬頭能夠每一天都在指導葉勇。

因為鄭護一直都沒有來拳館。

馬頭並沒有主動提起這回事，而葉勇也不敢胡亂提問。

按葉勇的想法，馬頭和鄭護這麼多年的師徒，他倆之間自然有其相處方式，並不是他這個才加入一陣子的新人應該置喙的。

可是，兩周過去了。

鄭護和洪不問比賽的日子將近，馬頭知道鄭護不可能打這一場比賽了。

但讓人驚訝的是，在馬頭通知主辦方之前，便接到了主辦方的通知。

洪不問宣告棄權。

雖然不知道原因為何，但在擂台上短暫交鋒的兩人，似乎不約而同地希望將下一次在擂台上的碰面押後。

而鄭護繼續沒有來拳館。

雖然有點突兀，但葉勇還是決定主動開口談這回事。

一來是鄭護的確是太久沒來了，二來是馬頭大概是念徒心切，對葉勇的訓練要求有點越來越嚴苛，葉勇開始覺得自己的生命安全受到威脅了。

「那個，」葉勇喘著粗氣，全身汗濕得像是從水裡撈出來似的：「鄭護已經好幾周沒來了。」

「………」馬頭報以沉默，沒有回答。

「你有打算問問他怎麼回事嗎？」葉勇沒有因為馬頭的沉默而卻步，決定繼續追問。

「唉。」馬頭只是長長地嘆了一口氣，道：「這道坎……他不一定跨得過去。」

「坎？甚麼坎？」葉勇皺眉不解；雖然鄭護的確是輸得很難看，但應該也沒落下甚麼永久性的損傷才對吧？

「不是身體的問題。」馬頭搖頭，又嘆了口氣：「他應該有跟你說過，他從來沒有跟別的拳館的人打過正式的練習戰吧？」

「對，他有提過。」葉勇點頭。

自從鄭護的一位師兄決定離開之後，鄭護有一段很長的時間只能和馬頭兩個人對練。

葉勇加入之後，鄭護終於有除了馬頭以外的對手，這讓他十分高興。

「這就是為什麼我從不讓他跟其他人打練習賽。」馬頭道：「鄭護是一種很異質的存在，和你我都不一樣。」

雖然聽起來奇異，但葉勇並不是無法理解馬頭的意思。

認真地步上擂台的鄭護，比起人類，更像是某種兇暴的野生動物。

再說那種為了贏而總是放棄防禦，每每追著同歸於盡而去的戰鬥方式絕對和普通拉不上關係。

「他之前也跟你講過吧？」馬頭道：「擂台讓他有自由的感覺。」

葉勇回想起好幾個月之前的訪問。

「自由」——鄭護所用的字眼相當抽象。

鄭護作為新秀，拳擊又不是甚麼熱門的運動，自然不可能佔去多少版面；即使葉勇有仔細參考過，最後還是決定將這些抽象的部份刪去，只節錄了比較直白的部份。

「對，」葉勇點頭：「本來我以為在這裡待久了會比較能理解他講的話，但似乎還是不行呢。」

「這也跟他小時候的生活方式有點關係……」馬頭開了個頭，然後似乎覺得不是太恰當，便又將話題引導往另一個方式：「對他而言，戰鬥就等同我們的日常生活。」

「你這樣子講，不知道內情的話還以為鄭護是甚麼得靠拳賽獎金活命的貧民窟流民似的。」葉勇笑道。

這還真猜對了一半……

馬頭不禁心裡暗暗苦笑。

「所以對他而言，落敗的重量比起對我們而言要沉重得多。」馬頭略加思量：「講得誇張一點，在擂台上落敗對他而言，和死亡幾乎無異。」

「這也是為什麼我一直不讓他和別的拳館的人打練習賽。」馬頭接著道：「和那種帶著半調子戰意的人打，只會將鄭護的戰鬥觸覺磨鈍。」

嚴禁與其他拳館打訓練賽這個安排，即使連鄭護本人也不知道確實的原因。

本來這件事也好，鄭護的身世也好，也不是甚麼需要現在拿出來談的話題；但葉勇作為記者的習慣，語調和身體語言也好，用字遣詞也好，總有種求教的感覺，總讓人不自覺打開話匣子。

「那我們該怎麼辦？」葉勇雖然沒有辦法完全理解馬頭的想法，但至少在一個方向上他們絕對是一致的；他們並不希望鄭護繼續逃避下去。

「這道坎並不是這麼好跨過去的。」馬頭嘆氣：「大概只能靠他自己了。」

「……」葉勇思考了好一陣子，然後問道：「你介意我去找找他麼？」

「……」馬頭一愣，笑道：「我又沒資格拒絕你見他。」

而要找鄭護事實上並不是這麼簡單的事；畢竟鄭護現在仍在用非智能電話。按他的話來說，就是「電話只要能打電話就行，其他功能我沒有需要。」按他的要求，他的那台3310大概可以用到人類滅亡為止——畢竟即使人類滅亡，那台3310也應該還沒有壞。

而且鄭護在沒必要的情況下就會將電話關機，即使你有他的號碼也不代表你可以輕易地找到他。

「這個時間的話……」馬頭看了看鐘，道：「他應該在工作吧，大概在某某街上。」

時值周六，太陽仍未下山。

鄭護沒有向葉勇提及過他的職業；葉勇只知道他不是學生。作為普通的五天工作上班族，葉勇下班到拳館時，鄭護一定會在；而在周六日，鄭護一般會在黃昏後才出現。

「謝謝。」葉勇點頭，然後換衣服準備離開。

馬頭提及的那條街事實上離這裡並不遠，徒步也是十來二十分鐘的路程。到步的時候，天色仍沒開始入黑。

大概就是太陽開始落山，雖然依然暑熱難當，但陽光漸漸變成橘黃色的時候。難怪馬頭會說只要到這裡就會找得到。

街道對面，鄭護裸著上身，正在將斗車上的貨物移往肩頭之上。斗車車尾的擋板已經放了下來，位置大概在鄭護的胸口略下。他小心翼翼地將紙箱扯到擋板的邊緣，然後發力將紙箱托到右肩之上。他的右肩處墊著一條漿洗得乾乾淨淨的毛巾，右肩周圍早已被貨物壓得發紅；以他的動作看來，那些貨物絕對不輕。

葉勇站在那裡，看著鄭護到斗車裡面走了好幾個來回，他裸著的上身處已是汗如雨下，看起來像是剛從擂台下來似的。

即使以鄭護的體力，他也必須得小心翼翼地踏步，而且他不得不斜著身子將貨物的重心移往中間才能保持平衡；雖然這樣子搬貨也許比較快，但這對他的身體狀況而言絕不健康，更何況他作為拳擊手，更不應該這樣對待自己的肉體。

遙遙看著鄭護，葉勇有點猶豫自己應不應該上前向鄭護打招呼。但猶豫之間，卸貨似乎已經告一段落，正在邊喝水邊擦汗的鄭護剛好發現了站在對街的葉勇，向他揮了揮手。

既然如此，葉勇便跨過馬路，走到了鄭護旁邊。

「搬光了，那我下班啦。」鄭護拍拍駕駛席的玻璃，駕駛席處已經搖了下來的車窗伸出了一只手，向鄭護揮了揮，然後踏下油門離開。

「怎麼來了？」鄭護灌了一大口水。

那是一個泛藍的膠水瓶，看水瓶的外觀而言，大概是已經用了一段很長的日子了。

「呃……」葉勇有點猶豫，說是自己想來吧，沒有馬頭授意他不會知道鄭護在這裡；說是馬頭叫的吧，鄭護不來拳館大概也有不想見到馬頭的意思吧。

「你怎麼這麼久沒來拳館了？」略加思索，葉勇決定將以問題回應問題。

「……」鄭護將手上的水瓶灌空了，然後別回腰間。

「我也不知道。」鄭護道。

鄭護在沉默良久之後，好不容易才擠出了這個答案。

「你都已經這麼久沒來了，」葉勇道：「有甚麼事麼。」

「沒，」鄭護道：「沒甚麼特別原因。」

然後又是好一陣子的沉默。

鄭護不擅長和人聊天。

講得仔細和具體一點，鄭護並不會因為長久的沉默而覺得尷尬。

葉勇知道，如果他不主動繼續話題的話，這段尷尬的沉默只會無止盡地繼續下去。

「是因為洪不問麼。」所以葉勇決定主動提起這個話題。

「對。」鄭護又從腰間拿起那個水瓶，仰起才發現裡頭早已空空如也。

「我想不到要怎麼樣才能贏他。」鄭護皺眉道。

「那你可以和師傅商量啊。」葉勇道：「既然他和洪不問的師傅是老對手，他自己也會知道『單槍』的破法。」

「不，」鄭護搖頭：「你不理解，問題不在這裡。」

葉勇想要回應點甚麼，但鄭護抬頭張望，剛才仍是橙黃一片的黃昏，已在不經不覺間轉暗。

「吃飯了沒？」鄭護將話題一轉：「要不來我家吃？」

＊＊＊

鄭護的家離他們所在的位置莫名地近。

工作的地點、家、拳館；鄭護最常出現的所有地方，都在這個區裡頭。

「到了。」鄭護一指那道樓梯，道。

一棟十分舊式的唐樓。

那棟樓入口處懸著一盞蒙滿了塵的舊式黃光燈，地上鋪著只能在舊式建築中看到的細地磚。

黃光燈的後頭只有一道往上的樓梯；那昏黃的燈光並不能完整地照亮整道樓梯，所以那道樓梯只有一個模模糊糊的輪廓。

那道樓梯上面有另一盞看起來像是燈的東西，但似乎已經壞了，並沒有亮。

鄭護早就走習慣了，自然沒有太大的影響，但葉勇只能開著電話後頭的閃光燈，小心翼翼的往上走。

樓梯的上頭有另一盞同樣舊的黃光燈，照亮著左右的兩邊走道。

葉勇這才發現為何入口處的黃燈是從上頭垂下來的；大概是因為原本的電燈大都已經壞光了，而又沒有人打算去修，所以只是外接了一根電線和燈泡權當照明之用。

「這邊。」鄭護指指右方，然後轉右想要往前走。

「咳唔——」走道那邊傳來一聲濃濃的痰咳。

正想往前走的鄭護亦因而暫停了步伐，反而往後退了兩步。

面前的走道太窄了，明顯並非原來建築的設計。

走道窄得容不下兩人並肩，既然面前有人要來，鄭護只能退到樓梯口等著來者離開，才能走進走道。

而即使是痰咳聲聽起來如此之近，葉勇仍是看不見發出咳聲的人，畢竟那裡的燈光實在是太昏暗了。

好一陣子之後，走道裡頭才有一個中老年人慢悠悠地走出來；嘴角叼著一根燃點著的香菸，但是右手拿著的啤酒還是能往嘴巴裡灌。

「回來了啊。」那個老年人走過鄭護的身邊，拍拍鄭護向他打了聲招呼。

那個人從葉勇身旁走過，身上傳來濃烈的酒臭味，而在酒臭味之下亦有多少體味，但在那濃烈得誇張的酒臭味對比之下，就顯得並不怎麼嚴重了。

「這邊。」老人離開，鄭護便往前，沒入那黑暗之中。

鄭護的家在走道裡頭的第三扇門，他推開門點亮裡頭的燈，然後讓過身子道：「進來吧。」

「打擾了。」葉勇有點拘謹地點點頭，然後走了進去。

我沒有家人。

不知道為什麼，葉勇突然想起最初為鄭護做訪問時，他所作出的回答。

屋子裡頭……不，這個大小大概並沒有辦法稱之為屋子，只能稱之為房間。以一個獨居男人的標準而言，這房間十分整齊。

這大概是因為裡面的家具少得令人驚訝。

房屋的右方放著一張單人床，床上隨意地放著一張被褥；光是那張床已經佔去了房間接近一半的空間，在床的末端有一個小小的茶几，上面放著一個電飯鍋、一個迷你雪櫃、一些調味料、一個水壺和兩個杯子、兩套碗筷，和一盒紙巾。

而在房間的右方最方落，放著一個金屬架子，其中有一層隨便堆著的衣服和毛巾，其他層全都放著拳擊用品。

與被褥和衣服不一樣，拳擊用品都是放得整整齊齊的。

不同重量的拳套、拳擊鞋、整齊地卷成一束束的手帶、放在小盒子裡的牙膠。

而最奇異的，是在房間的右方正中，有一道比人還高，約有一點五人寬的落地鏡。沒有了。

剛才所提及的，就是鄭護房間裡的全部東西。

「坐床上就行了。」鄭護脱下鞋襪走進房間，葉勇也脱下了鞋子，放在鄭護的鞋子旁邊，然後坐在床緣。

「你要吃辣的還是不辣的？」鄭護從雪櫃裡頭拿出兩個玻璃盒，蓋子上面貼了一張用膠紙完全蓋好了的紙，上頭用麥克筆各自寫著「辣」、「不辣」，然後下面是細字，寫著材料和調味料的份量。

那是馬頭的筆跡。

難怪房子裡面會有兩套碗筷和兩個杯子。

葉勇定睛一看，玻璃盒裡面是用調料汁醃著的雞胸肉和花椰菜。

「呃……辣的吧。」葉勇道。

「好的。」鄭護點點頭，倒了點水進電飯鍋，然後打開了兩個盒子的蓋子，十字型地疊著放進電鍋裡頭，按下了按鈕。

「等十五分鐘就行了。」鄭護道：「我先去洗澡。」

説罷，鄭護走到架子上拿了衣服，便離開了房間。

電飯鍋裡的水似乎開了，從那個排氣孔慢慢冒出白煙。

葉勇本來還沉思著假如雞胸煮好了的話，要不要先拿出來，畢竟雞胸煮老了可不好吃。

但鄭護不到十分鐘就回來了，又等了幾分鐘，他將電鍋裡的雞胸裝進碗裡，然後連著碗筷遞給葉勇。

「謝謝。」葉勇致謝，接過碗筷。

兩人就這樣坐在床尾，在小茶几面前吃了起來。

以這種不需要調理的食物而言，這一份雞胸絕對可以稱得上美味，而食物的份量大概也由馬頭為鄭護精確地調整過，份量相當的大。

一碗雞胸下肚，鄭護放下碗筷，站到鏡子面前，然後擺起架式。

葉勇立馬理解了那面鏡子的意義。

那面鏡子是用來練習用的。

鄭護向著鏡子揮出了兩個直拳，道：「自從輸給他之後，每次擊影，他的身影就會出現。」

「擊影」就是所謂的想像練習。

在腦海中模擬出一個敵人，然後與其對戰。

比起呆版的擊打沙包，擊影可以習慣空揮的手感，也能夠將步法、閃避、進攻、防守等技法組合起來練習。

而擊影這東西，在自己變得越強的時候，難度便越大。

葉勇記得馬頭剛剛教他擊影的時候，他只是覺得這個練習方式有點好笑。

「想像面前有一個人，他向你揮出直拳，然後你得躲開這個直拳然後還擊。」

「最初會有點難，你可以向著鏡子，這樣會比較容易一點。」

但日子漸漸過去，葉勇開始發現情況開始改變。

那個想像中的影子，漸漸從鏡子中笨拙的自己，變成別的甚麼東西。

鄭護的拳速、馬頭的靈活多變。

並不需要自己仔細想像，只要在腦海中形成一個敵人，那道黑影就會以你最討厭的方式向你進攻。

而似乎洪不問的身姿，在不知不覺間融入了鄭護的黑影之中。

「那一拳，我完全沒有還擊之力。」鄭護道。

「而且……」鄭護有點猶豫：「如果他有那個速度的話，我根本不可能和他打到第一回合結束。」

「在第一次交鋒的時候，他就可以擊倒我。」鄭護苦笑道：「不，硬要說的話，在第一回合的每一次交鋒，他都可以擊倒我。」

不止是在台下的葉勇，親身經歷的鄭護也看出來了。

那一戰，洪不問在放水。

「我會在第一回合結束的時候才輸，只是他希望如此而已。」鄭護虛握拳頭，低聲道：

「……所以，我逃走了。」

「不過是一次落敗而已。」葉勇在良久的沉默後，輕聲道：「一起去問師傅吧，他會有方法的。」

「不，」鄭護搖頭：「你不懂。」

「只要握起拳，他的幻影就會出現在我面前。」鄭護道：「我該怎麼辦？」

「這個嘛。」葉勇答道：「認輸，怎麼樣？」

「我已經輸了啊。」鄭護道。

「說了自己沒有還擊之力，但還是仔細地回想那一回合的每一次交鋒……」葉勇略作思考：「那就是你一直在想，自己是在那裡失誤了才會輸吧。」

沉默。

鄭護沒有回答葉勇這個問題。

「你對我說認輸了，」葉勇苦澀地笑道：「但你對自己說你認輸了麼？」

鄭護沉默無言，眼眶卻明顯地發紅。

壓誇鄭護的，或許不一定是落敗這個普通的客觀事實。

洪不問會來，因為他背負著他師傅與馬頭的因緣。

同理，鄭護所背負的，可是馬頭的傳人這個身份。

葉勇長長地嘆了一口氣，然後道：「我來講個故事吧——

從前從前，有一個男人，他喜歡上了一個女人，然後他們在一起了。

後來他們分開了，原因……嗯……也許是有人做錯了、也許是不適合、也許是女人本來就沒有這麼喜歡男人，我也不知道。

這個理由，後來回想，似乎並沒有這麼重要。

但這個理由，有一段時間成為了他人生的全部。

他想知道為什麼，他想知道發生了甚麼。

他花了很長的一段時間去思考這些事，然後他發現或許窮究他的一生，他也不會知道真相。

所以他改變主意了，他不想再因為這個真相而傷心了。

所以他跑去讀書、跑去健身、跑去進修、跑去做了一份從來沒有想過會做的工作……還跑去學拳擊。

那天我來你們那做訪問，然後錄音筆儲存時，檔名是一個日期。

然後他突然想起，那個日子對他而言，曾經是一個很重要的日子。

所以他才會突然鼓起勇氣，去找馬頭拜師。

可是，他還是沒有得到想像中的轉變。

因為他其實沒興趣讀書、提不起勁健身、絲毫不想進修、厭惡這份工、甚至只是硬著頭皮去學拳擊。

尤其是拳擊，累死人了，還這麼痛。

因為……他只是想忘了那個人。

——好，故事講完了。」葉勇突然一擺手，道。

「慢著，」鄭護追問：「所以你找到那個理由了麼。」

「他，不是我，是我的朋友。」葉勇強調道。

「對……」鄭護一愣，遲疑地道：「你的朋友。」

「……當然沒有。」然後葉勇苦笑，回答道。

「那後來，他成功忘了那個女人了麼。」鄭護問道。

葉勇的苦笑更深：「也沒有。」

「那……最後怎麼樣了？」鄭護問。

「沒有怎麼樣，」葉勇攤手坦然：「他只是習慣了，願意接受這個世界總有些事，最後的確不會有答案。」

「所以，不過是一次失敗而已。」葉勇道：「沒有必要一直放在心上吧。」

「……不，」鄭護沉默了好一陣子：「你不懂，失敗這件事到底有多可怕。」

葉勇沒有作聲。

「你……捱過餓麼？」在兩人的沉默之中，鄭護突然問道：「知道捱餓的感覺是怎麼樣的麼？」

葉勇一愣，不知道要怎麼回答。

「不是那個一天半天的餓，而是那種持續的，好幾天、好幾周、好幾月都沒辦法好好吃飽的餓。」鄭護坐了下來，又拿起剛才吃飯用的碗。

葉勇這才發現，鄭護的碗很乾淨。

吃光碗裡的食物是禮貌，葉勇知道；但鄭護手上的碗比「吃光」還要乾淨。

比方說葉勇的碗裡，還剩下一點點黑胡椒、蔬菜的碎屑、湯汁等，但鄭護的碗裡甚麼都沒有。

那個碗裡只有一點點油星，除此之外甚麼都沒有。

「首先，那個咕咕叫的感受只會持續一、兩天。」鄭護道：「然後餓久了，胃袋會開始痛，痛得像是肚子裡面有一只大手，狠狠的捏住你的胃袋一樣。」

「然後人會慢慢習慣，肚子就不會痛了。」鄭護又將那個碗放回去，道：「只會覺得肚子一直在發熱。」

「肚子開始發熱之後，就不會有那個飢餓的感覺了。」他接著道：「這個時候，甚麼東西吃起來都不會有味道。」

「這大概就是為什麼我們可以在垃圾桶裡翻食物吃，因為那個時間翻出來的食物不會有味道。」他想得出神：「而且不知道為什麼，身體也會莫名地有氣力。」

「這樣子聽起來，好像還挺方便的——」鄭護笑笑：「但這大概就是身體給予你最後的機會，同時也是在告訴你，再不想辦法弄來一點食物的話，你就得死了。」

「假如繼續沒吃到東西的話，差不多就會餓昏，而醒過來之後，會連把手抬起來的力氣都沒有。」鄭護的臉上帶著懷念：「所以假如在這種勉強還有力氣的情況下，有一個人拿著盒飯經過的話，你會……？」

鄭護的出身並不富裕這回事並不這麼難猜，畢竟從現在兩人身處的環境就看得出來。但會有著這樣的經歷，就不能只用「不富裕」能夠形容了……

「求他……把盒飯給我吃一點。」葉勇嚥了一口口水。

這樣的情況別說思考，也許即使在葉勇的想像中，也從來沒有出現過。

「沒有用的。」鄭護搖搖頭：「人與人的相異大到一個界限的話，在他們眼中，就不會再把你當成同一樣的生物。」

「為了活著……我只能用搶的。」鄭護懷念地笑：「然後嘛，那個人就是師傅。」

這個轉折，著實讓葉勇吃了驚。

打開了話匣子，那一天的事依然鮮明地在腦海浮現。

那個男人——師傅在我面揮了一拳。

不是我在自誇，我很擅長挨打。

這並不這麼難以想像，在那種地方，一個人要獨自生存並不怎麼容易。

手上有食物的話，會被他們搶去。

自己過夜的地方比較乾淨、不會澆到雨水的話，會被他們奪走。
更不說說那些吸了毒的、神志不清的，他們的拳腳更重。
挨打的時候要很小心很小心，最好是四肢捲縮，保護腹部之餘也要把頭顱保護起來。
背脊很脆弱，被打實了會走不了路；所以得用捲縮起來的四肢面向攻擊。
還得小心地把手指和關節保護起來，那些地方被打了很久很久也不會痊癒。
話語至此，鄭護半抬起右手，將五指虛握，然後又放開。
鄭護的身上向來很多傷疤，葉勇一直以為是拳擊留下來的。
葉勇注視著他尾指指根處，微微腫起的，比膚色略深的一圈，才驚覺也許他身上大部份傷口，都不一定來自拳擊。
同樣是揮拳，師傅的拳和他們不一樣。
他揮拳的時候很專注，而那一拳，明明看起來很可怕。
很快、很重、很突然。
但奇怪的是，上面卻沒有任何暴力的臭味。
只有某種很奇怪的執著，和一點……悲傷。
「教我。」那時候，我不禁衝口而出。
我軟磨硬泡了很久，他才願意教我。
「只要學會了這個，你就不會再輸了。」

那時候，師傅是這樣說的。

「所以我不可以輸……」

「明明不可以輸……」

講到最後，鄭護的話語帶如同夢囈，帶著濃重的恐懼。

「但是你怕的，並不是落敗吧。」葉勇道搔了搔臉頰。

因為裡頭並沒有恐懼。

鄭護在談及那些發生在常人之上，絕對會造成巨大陰影的過去的時候，語氣可謂是雲淡風輕的，沒有半點情緒波動。

但談及馬頭之後，他的語氣才開始裹上莫名的恐懼。

「你怕的是讓師傅失望，不是嗎？」葉勇道。

鄭護一愣。

這一敗，他夜不能眠。

在轉輾反側之際，湧起的都是那些歲月的可怕回憶。

在那段日子裡，失敗的代價沉重得難以負擔。

所以他認為，自己跨不過去的，是失敗這回事。

但似乎，在他腦海中揮之不去的恐懼，早就已經與過去無關。

「師傅他……」鄭護道：「有講甚麼嗎？」

他的語氣小心翼翼的。

在這一天，鄭護從來沒有主動起過馬頭。

「師傅啊。」葉勇答道：「他說，給你一點時間，你會跨得過去的。」

「……」鄭護沒有回話。

「話說回來。」葉勇問道：「你喜歡拳擊麼。」

「喜歡啊。」鄭護一愣，然後答道。

他沒有料想到葉勇突然會問這樣子的問題。

「為什麼？」葉勇又問。

鄭護記得，這個問題葉勇在最初對他採訪時問過。

「因為台上的世界，遠比這個世界要來得自由。」鄭護笑笑。

到這一刻，葉勇才真正地理解，為什麼對鄭護而言，擂台是一個如此自由的地方。

良久良久的沉默。

「我也想打比賽了，」葉勇打破沉默，道：「所以……明天你回來，我們認真地打一場吧。」

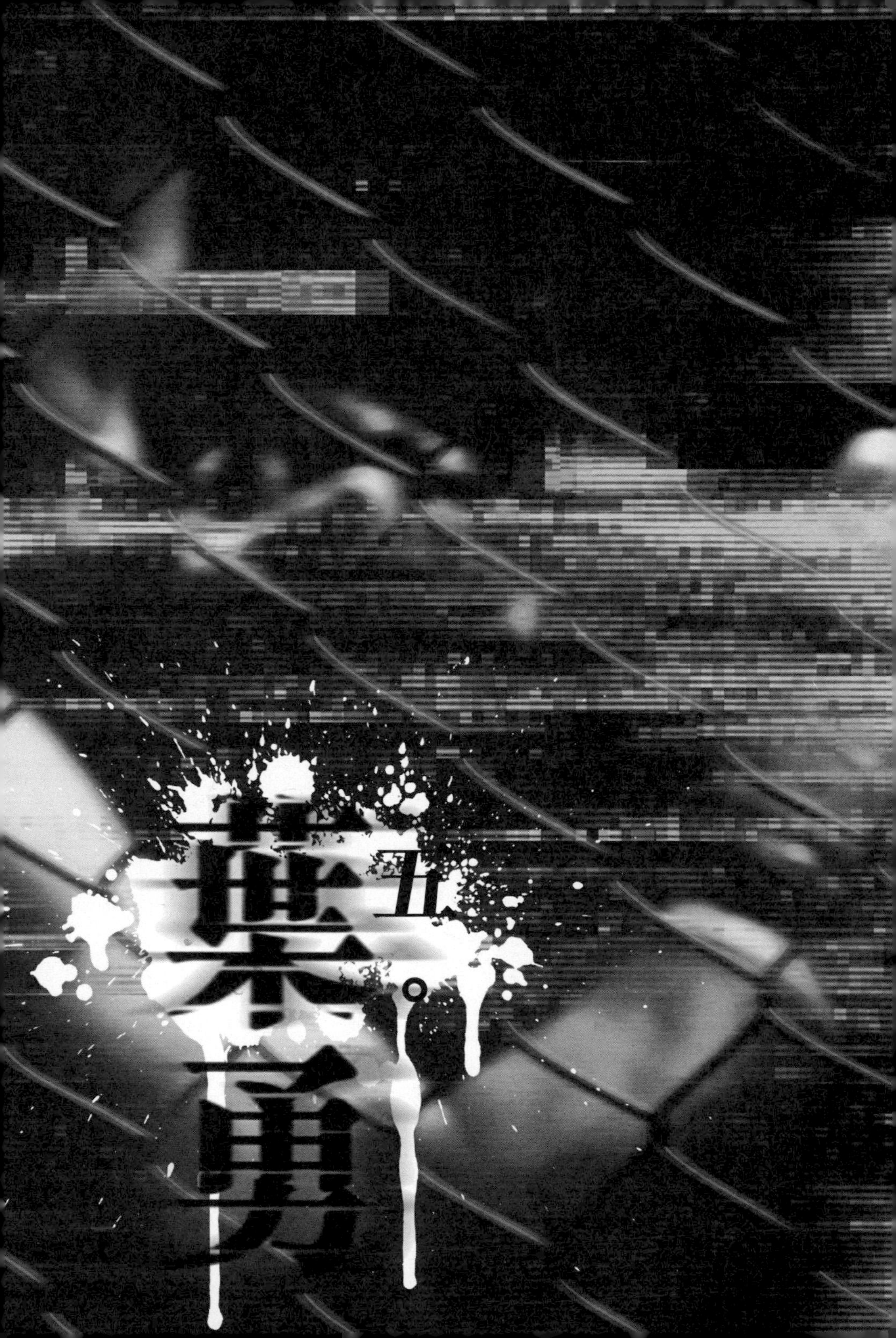
五
黃。勇

五・葉勇

鄭護回來了。

馬頭對此深感震驚，連忙向在熱身的葉勇問，到底是怎麼辦到的。

「他大概是跨過去了吧。」葉勇笑笑，道。

雖然很是在乎，但馬頭只是咳唔了一聲，對鄭護道：「回來了啊。」

「對不起。」鄭護低頭：「我回來了。」

「沒事就好，」馬頭道：「先去熱身吧。」

而所謂的世事無常，意味著奇奇怪怪的事總會擠在同一天發生。

司徒來了。

馬頭很懷疑鄭護回來和司徒拜訪之間有沒有甚麼邏輯上的關聯；也許是葉勇找司徒在鄭護面前講了甚麼，才會讓鄭護願意回來。

而馬頭對此深深感受到了危機感；可能鄭護認為他會輸是自己教導無方，所以在葉勇聯絡下打算轉投司徒門下，而他倆今天就是來道別的。

事實當然並不是這樣的——司徒只是閒透了，剛好在這一天出現。

「嗯哼，你們這裡變得真熱鬧啊。」司徒叼著牙籤，一雙拖鞋走路啪嗒啪嗒的。

「來這裡幹甚麼？」馬頭對著司徒沒有半點好面色。

「無聊得要命，想起來了你這裡來了一個有趣的傢伙，」司徒說道：「就來看看唄。」

司徒在話語間提起了鄭護。

馬頭皺眉，他覺得自己的猜測成真的機率更高了。

「倒是話說回來，你甚麼時候又撿了個新的小鬼？」司徒叼著的牙簽上下遊移，指往正在熱身的葉勇：「一個還不夠麼。」

既然司徒沒有上來過，他本來不應該知道葉勇是新人。

但在他們那個水準，看動作就知道了。

「你猜他學多久了？」馬頭問道。

步法，揮拳的方式，呼吸……雖然方法是對的，但仍然相當笨拙。

「一年……不，兩年吧。」司徒又看了一陣子，皺眉道。

「嗯哼。」馬頭答道：「不到半年。」

司徒一驚，不禁轉頭又仔細確認了一次葉勇的動作。

雖然說是笨拙，但也只是以司徒和馬頭的水平為標準而言罷了，以那種動作精度而言，怎麼看都不像只學了幾個月的新手。

「和那個小子差不多的訓練強度，」馬頭一指鄭護，道：「但他還是每天都來。」

「哦。」司徒不禁有點妒忌：「又一個好苗子啊。」

熱身完畢的鄭護和葉勇走回馬頭身旁，向馬頭説他倆想打一場正式的比賽。

想來大概跟鄭護會回來多少有關，馬頭便答應了下來，讓他們兩人上台。

有看戲的機會，司徒自然也不可能錯過，早早就在擂台旁找了個好位置站定。

「對了，師傅，我只是問問，」葉勇走到台上，將牙膠塞進自己的嘴巴裡，道：「假如啦，假如鄭護用全力，擊中的位置也正好是下頜的話會怎麼樣？」

「會死。」馬頭不假思索地道。

不帶誇張的成份，馬頭講的是百份百的實話。

「我現在就想逃了。」葉勇苦笑：「不過鄭護，你可別放水啊，我也會認真打的。」

鄭護只是點點頭，沒有作聲。

「Box!」馬頭揮下手，示意對賽開始。

禮貌上，鄭護並沒有率先行動，只是往後踏了一步，等著葉勇往前進攻。

而葉勇閉上了眼睛，然後狠狠地睜開。

鄭護看到葉勇的眼神，無意識間又往後退了一步。

馬頭和司徒兩人都看得真切，葉勇閉上眼睛後又睜開，眼裡燃燒著的是憤恨。

投射法麼。

挺有趣的苗子啊。

司徒興趣大增，身子又往前傾了不少。
葉勇壓低身子，往前攻去。
他是認真的。
確認到葉勇往前揮拳的拳壓，鄭護知道葉勇口中的「認真」並沒有半點開玩笑的成份。
鄭護一扭頭，對方右拳的拳鋒正好在鄭護的臉頰前擦過。
葉勇的拳勢明顯用老了，正是還擊的大好機會；但鄭護只是往後急退了兩步，有點不知所措。
「認真打。」馬頭吼道：「你沒看到他的眼神麼？」
鄭護一愣，雙目與葉勇對視。
那眼神銳利得叫人皮膚發痛。
一踏步，鄭護往前攻去；但葉勇居然半點往後的意圖都沒有，反而同時選擇往前，打算與鄭護對攻。
鄭護試探性地出手，葉勇用左手格了開去，然後又往前踏了一步，右拳朝鄭護側腹處揮去。
鄭護從未見過葉勇的進攻性這麼強；一下子反應不過來，側拳竟是重重地捱了一記。
吃痛之下，鄭護左勾拳揮出，結結實實地擊中了葉勇的右頰。
鄭護不禁一驚，畢竟痛楚之下，他可顧不上手下留情。

嚓。

鄭護下意識發現不對，但已經來不及往後退，只好上半身往後急仰；與此同時，葉勇的上勾拳幾乎是在鄭護的下巴前擦過。

鄭護很驚訝。

停留在左手上的手感很確實，沒有錯判的可能性；剛才左手的那一拳，絕對命中了對方的右頰。

所以葉勇是用臉頰受擊的情況下，仍然揮出了一記連他都差點躲不過的上勾拳。

而剛才的後仰讓他的重心略略後傾，不得已之下只好又往後退了一半。

而一拳打空，葉勇居然繼續往前踏了一步，幾乎是緊貼著鄭護而去。

雖然右頰中拳，但葉勇踏步之際，竟是咧起牙齒笑了起來，映在他剛才吃了鄭護一記而紅腫一片的臉頰旁邊，看起來有點莫名地詭異。

那一拳的痛楚，為葉勇眼中的憤怒又添了一把柴火。

鄭護被逼得急了，側腹的痛楚讓他心裡也是有點無名火起，便站定了和葉勇打起了近身戰；兩人交擊間，戰況明顯有利於鄭護這一邊。

不到五拳間，戰況已是一面倒地傾向鄭護這一邊。

「往後退！」

台下傳來一聲高吼，並不是馬頭的聲音。

司徒。

「近身戰你打不過他，」司徒吼道：「還和他對拚是想死麼？」

聞言，鄭護和葉勇兩人都是一愣，兩人各退了一步，有點不知所措。

不是因為司徒剛才所下的指令難以令人理解；而是馬頭從來不喜歡在實戰中對拳手下指令。

在這一點上，馬頭充分地保留著上一代那種從不為弟子指點迷津，而是含糊地為其指了個方向，就讓弟子自己摸索答案的古板作派。

而司徒只從台上兩人的反應便理解了這回事，有點無奈地向著馬頭問道：「你還是用上一輩那種古老石山的教法麼。」

「關你屁事。」馬頭這樣子回答，算是默認了。

「是叫鄭護對吧？」司徒仔細觀察著台上的兩人：「那個人就算了，他明顯跟你一個模子倒出來的。」

「是依賴本能的那種吧？」馬頭沒回話，司徒倒是半點都不在乎，自顧自地講了起來：「但那個比較弱的……他的動作明顯是帶著腦袋上台那種喔。」

雖然只是站在這裡看了不到一回合，但司徒透徹地看穿了台上兩人的本質。

「至少在嗅覺敏銳這一點，似乎沒有半點退步嘛。」馬頭從牙縫裡擠出一句。

「過獎。」司徒一笑，然後看著鄭護道：「話說回來，他似乎滿有希望的吧？」

「……有希望做甚麼？」馬頭作了短短的停頓，反問道。
「還裝傻啊。」司徒笑得帶著一點點嘲諷，然後道：「打敗『單槍』啊。」
雖然把鄭護撿回來的時候沒有刻意想過這點，但就結果而言，馬頭的確期待著鄭護能夠戰勝那個單槍。
「只是他已經敗過一次，跨不跨得過去還是未知之數。」馬頭嘆了口氣。
「嗯哼？」司徒叼著的牙簽往上一揚：「這樣麼？」
兩人對話間，台上的戰況已是明顯到了尾聲；體力本來就不足的葉勇，在異常的攻擊欲之下體力消耗相當劇烈，而節奏被打亂了的鄭護也是消耗略高於預期。
「比較弱的那邊！」司徒往擂台上吼道：「看得出來吧？會死人的只有那一拳而已！」
台上，兩人的交鋒並沒有因此中止，只是兩人都在思考司徒那一句的含意。
「把距離交給他！其他拳用換的！」司徒繼續吼道：「那一拳來了就放棄閃避！擋下來！」
本來非親非故的，葉勇並沒有聽從司徒指令的意慾，但是。
司徒指令完美地切合了他在戰術思考上的猶豫。
鄭護的左刺拳很強。
嚴格而言，鄭護的揮拳動作整體而言都很強。
但那個左刺拳是不一樣的，那個左刺拳簡直不可理喻地強。

也許是體力劇烈消耗之下，葉勇的思考已經變得遲滯起來；思緒中用以懷疑和否定的部份已經無法再運作了，所以他決定全盤接受司徒的建議。

而時間踏入最後一分鐘的倒數。

鄭護發現，葉勇變難纏了。

明顯的苦肉計。

雖然技巧上沒有絲毫放水的打算，但實戰訓練並不會以擊倒為前提揮拳。

而葉勇完全防棄了迴避和防禦，眼看任何攻勢到來，都是毫不猶豫地揮拳互毆。

在台下的馬頭也驚訝於一點，葉勇對鄭護的攻勢看得很準。

一半是葉勇的眼力，另一半是這幾個月來，葉勇可是和鄭護對賽得最多的人，甚至比馬頭還多。

可是，所謂的「沒有下死手」也是以鄭護的極限水平作標準而已；此時葉勇的臉上早已是多處擦傷，腹部處吃了好幾拳，呼吸亦已經開始不暢了起來。

但鄭護這一邊，葉勇的「互換」效果並沒有多理想，雖然能夠「擊中」，但也只是點數上的有效而已，幾乎沒有對鄭護造成任何傷害。

零九。

讀數從十跳進零九的瞬間，鄭護再次前踏，明顯是想在第一回合結束之前，做點決定性的進攻。

「逃！」司徒吼道：「只剩下幾秒而已！」

沒有半點遲疑，葉勇足下一點，開始往後急退。

而鄭護完全沒有打算讓葉勇安然地捱完這個回合，幾乎是緊貼著葉勇後退的速度往前推進。

零三。

葉勇步法一滯，讓鄭護封住了他往左的退路，後頭已是擂台的角落，沒有退路了。

「防住！」司徒吼道。

他沒有講防甚麼。

但葉勇能夠理解他的意思。

立定，左足尖的旋轉牽動左肩，揮出。

左刺拳。

在回合的最後，鄭護完全放棄了顧忌揮拳。

而葉勇徹底放棄了左側、雙拳交錯地懸於右方。

清脆的巨響與示意回合結束的鈴聲同時響起。

葉勇被那一拳的衝擊力撞得幾乎雙足離地，倒在擂台角的繩子上。

但他還是防住了。

聽見了回合完結的鐘聲，鄭護收起拳頭，往擂台的另一角退去。

依然掛在繩子上的葉勇喘著如同淹死邊緣似的粗氣，好不容易才能轉過頭來看這位一直在後頭下指示的人。

「幹得不錯。」司徒站在他旁邊道。

「這小子的體力明顯耗盡了，」司徒一指明顯接近虛脱的葉勇，道：「第二回合前讓他多休息五分鐘吧。」

「你還想打吧？」司徒這才向葉勇輕聲地確認。

葉勇點點頭，依然拚命地喘著粗氣。

司徒問的不是你還能不能打，而是你還想不想打。

這讓葉勇莫名地對他有好感。

對司徒的提案，馬頭點頭答應，而鄭護對此也沒有甚麼意見。

假如這是一場正式的比賽的話，葉勇已經輸了。

管理體力是實戰中必須掌握，也是極為難以控制的一部份。

假如將自己的體力整齊地分為三等份，以在第一回合正好消耗三份一的速度消耗，那自己的體力會在甚麼時候耗盡？

正確答案是在第二回合完結前。

管理體力的困難之處在於，體力的消耗並不是線性的，隨著時間過去，氧氣消耗會越來越劇烈、體力的消耗速度亦會急速地加劇。

稍一不慎，體力就會如同快要壞掉的電池一樣傾瀉而出。

而眼前的葉勇，正是這樣一顆幾乎要耗乾的電池。

但另一邊廂，鄭護的體力消耗完全不明顯，大概只是比正常的一回合完結略為喘一點點而已。

這也是除了鄭護沒辦法全力出拳之外，葉勇能堅持這麼久的另一個原因。

他是將自己三回合份量的體力，全部拚了在剛才的三分鐘上。

「剛才，你把對方當成誰了？」司徒向葉勇問道：「仇人？情敵？」

「……」葉勇呆然：「……自己。」

司徒一愣，並沒有預期這樣子的答案。

他只是長長地嘆了口氣，道：「傻孩子，有必要麼？」

「投射法本身沒有問題，」司徒又道：「但緊記控制好你的情緒。」

「你只需要提取憤怒而已，並不需要真的恨任何人。」司徒向葉勇遞出一罐水：「……包括你自己。」

葉勇接過水，司徒另一只手拿著水桶放到他面前，道：「先漱口然後把血吐出來，千萬不要喝。」

葉勇接過水灌了一大口，然後吐了出來。

不出司徒所料，吐出來的水帶著明顯的淡紅。

「張嘴。」司徒說道。

葉勇乖巧地張開了嘴，司徒用手機上的燈照了一圈。

雖然有好幾處擦傷，但應該不嚴重。

「用力咬牙，」司徒關掉燈，又道：「有沒有那一顆牙感覺鬆了？」

葉勇用力咬了咬，沒有感覺那裡特別痛，便搖了搖頭。

「喝點水，」司徒接著道：「小口地喝。」

「聽著，時間不是很多了。」司徒對葉勇低聲說：「你想不想贏？」

葉勇一些愣。

雖然這一戰是他所挑起的，但他由頭到尾從來沒有想過會贏。

他只是想轟轟烈烈地敗在鄭護拳下而已。

他用力地點了點頭。

「那個左刺拳，你剛才擋下來了吧。」司徒道：「我們接下來破了他。」

司徒低下身子，然後在葉勇耳旁嘀咕了好一陣子，然後站直身子，向正在休息的鄭護和站在旁邊的馬頭喊道：「那個左刺拳，我們下一回合會破給你看。」

擂台上的勝負，有時並不一定只限於對賽雙方的拳手身上。

教練在戰前對對方戰術的解讀、對賽流程的安排與戰術預判、甚至像是司徒這樣的明顯針對對方的話術。

雖然有點下作，但這無疑也是戰術的一部份。

馬頭立即就理解了司徒的意思。

但他只是笑了笑，沒打算向鄭護解釋些甚麼。

而鄭護並不吃這一套，絲毫沒有半點受影響。

對馬頭所傳授的左刺拳，鄭護從來沒有一絲一毫的懷疑。

「不用管他，平常心去打就行了。」馬頭只是拍拍鄭護的肩頭道。

即使是五分鐘，也是眨眼間就過去了。

體力消耗本來就不怎麼劇烈的鄭護早已恢復了最佳狀態，但以呼吸聲看來，葉勇的體力大概只回復了不到七成。

葉勇和司徒的判斷是一致的，他們唯一的勝算，只在這個回合。

馬頭顯然猜了個八九不離十，但他並不打算告訴鄭護。

而鄭護從來沒有思考過這些。

講得更仔細一點，鄭護從來都不是會在擂台上思考的拳手。

沒有那個必要。

站在鄭護面前，葉勇再度將自己的意識沒入憤怒之中。

司徒看得很透徹，葉勇剛才的狀態的確是投射法。

倒不如說，葉勇會提出這次對決，本來就是對自己內心的無力而怒號。

葉勇只是將對自己的憤怒，投射在對手身上而已。
保留著憤怒的熾熱，但把雜念壓下去。
司徒的小聲嘀咕並不怎麼易懂，葉勇只是死馬當活馬醫。
牽引起憤怒之際，那叫人難受的呼吸困難、胸悶的感覺亦隨之而來。
把雜念壓下去。
深深地吸了一口氣，葉勇睜開了眼睛。
「BOX!」馬頭的手揮下，第二回合隨之展開。
鄭護做好了互毆的心理等著葉勇前進，但令人驚訝的是葉勇居然毫不猶豫地選擇往後退。
「長話短說。」司徒小聲嘀咕的開場白是這樣的。
鄭護立馬踏前，決定主動出擊。
「你和他相處了這麼久，應該很熟悉他的拳路吧？」
正在後退的葉勇和鄭護有好幾步距離；看見鄭護往前踏進，葉勇竟是立馬止住後退的勢頭，然後迎著鄭護而去。
「跑給他追，他要揮拳的話，就在他擅長的距離上再往前踏半步。」
鄭護試探性地揮拳，而葉勇並沒有立定防禦，而是又硬是往前踩了半步。
一般而言，任何拳手都有自己的擅長的距離；短了臂展揮不盡，長了自然打不中。

拳擊比賽中，雙方頻密的移動就是為了破壞對方理想的距離、進入自己擅長的距離。

這是一切步法的基礎。

但司徒那奇怪的指令完全違反了這個基礎邏輯。

畢竟系出同門，臂展也相約，葉勇和鄭護兩人擅長的距離是很接近的。

而司徒要求葉勇站的，是一個短距離互毆發不了力，中距離遊擊又剛好差一點點的討厭距離。

這距離讓葉勇也感到難受，但重點是，優勢方的鄭護會更加難受。

鄭護揮出的那一拳，葉勇是用臉接下來的。

但因為那個距離並不能將拳揮盡，並沒有帶來多少傷害。

鄭護一咬牙，又往前踏了一步打算切入短距離戰。

「除了那個距離，其他任何距離都不要打，逃。」

眼看鄭護再往前踏，葉勇立馬開始急退。

這場你追我跑的遊戲幾乎上演了整個回合。

如果是正式的比賽的話，裁判會以「消極對賽」的名義喊停，情況持續的話光逃走的一方會判負。

但馬頭對司徒的計劃很有興趣，所以他沒有喊停。

而鄭護並不在乎。

「要記住，你的機會只有一次，就在這個回合即將完結的時候。」

一直逃跑說來輕鬆，但實行起來並不是這麼容易。

鄭護並不會任由你逃跑，好幾次退路被封住，都得以那半步距離弱化鄭護的拳然後硬接下來。

時間所剩無幾，葉勇的體力也在耗盡邊緣，臉上、身體也多次受擊，傳來著如同心臟脈動般的痛。

這讓葉勇的神經一直處於繃緊的狀態，畢竟鄭護的拳可不是開玩笑的；只要任何一記處理得不好，都有可能當場被擊倒。

「不要想甚麼時候能動手，專心逃，時機自然會出現。」

司徒沒有講清楚為什麼，也沒有講那個機會會怎麼來。

而時間踏入最後三十秒，葉勇的體力已經接近耗盡。

即使剛才休息了五分鐘，第一回合造成的肌肉疲勞還是沒有完全恢復過來。

腿腳處的肌肉疲勞讓葉勇的步伐出現了明顯的破綻，退慢了一步。

一步。

葉勇從安全的無風帶，瞬間被扯進鄭護的暴風圈內。

兩人的眼神互相交錯，雙方都知道，現下這個距離是鄭護的最佳射程。

「他的左刺拳，你應該很熟悉吧？」

葉勇的直覺正在瘋狂地悲鳴，讓他馬上逃跑。

被要了一整個回合的鄭護，完全將手下留情這回事丟到九霄雲外，準備全力地揮拳。

「感覺到那個要來的話，就不要去看，直接用反擊拳，馬頭有教過你吧？」

司徒沒有確實解釋過時機就是現在，但葉勇很清楚他在這一整個回合裡面，等的就是這一刻。

鄭護只是往前踏步而已，仍沒有開始揮拳。

但在葉勇腦海裡，鄭護揮拳的動作還是清晰無比；畢竟在旁觀察也好，正面面對也好，鄭護那個左刺拳，他已經見過無數次了。

往前踏步，身子往左側靠，然後右手直拳揮出。

雙方揮拳的動作居然是同時展開。

葉勇的拳頭沿著鄭護的左拳內緣而去，直刺鄭護的下頜。

和馬頭之前示範過的反擊拳一模一樣。

澎！

拳頭結結實實地擊中人體的巨響。

馬頭、鄭護，甚至連葉勇本人都在這一刻才真正地發現了這一拳的含意。

葉勇擊出的，並不是普通的反擊拳。

「單槍」。

雖然動作算不上乾淨利落，但這一擊……的的確確是單槍。

馬頭驚訝地看著司徒。

台下的司徒嘴裡牙籤一揚，露出了微笑，他原來也只有六七成把握；看到葉勇這一拳揮出，甚是滿意地點點頭。

真的成功了呢——

而葉勇在這一刻，真真正正地理解了上一次馬頭在他面前前後後地示範普通的反擊拳和單槍的時候，單槍那種「詭異地比較快」的真正原因。

答案在於時機。

一般的反擊拳，必須得在確認了對方揮拳的動作開始之後，才能揮拳還擊。

但葉勇剛才揮拳的時機，比一般的反擊拳快上了好幾拍。

他和鄭護幾乎同時出手，就像是葉勇能夠預知鄭護即將揮拳一樣。

可惜的是葉勇揮拳的剛勁不夠，沒有辦法完全地將鄭護的拳頭往外側擠開；鄭護的拳還是擊中葉勇。

即使勁力已經卸去了四五分，葉勇還是蹬蹬蹬地往後急退了三步，然後一屁股地倒在地上。

但鄭護這邊也絕不好受。

剛才葉勇的那拳頭，除了葉勇自己揮出的力量之外，還有他自己揮拳時身體往前的勁道，就好像全力地將自己的頭顱往葉勇的拳頭上撞一樣。

受擊之下，鄭護也是腦裡一片翻江倒海的想往下倒去，他步履不穩地往側後方退了兩步，一只手挽著擂台旁的繩子，好不容易才沒有倒下來。

躺在地上的葉勇好不容易才能把自己的腦袋抬起一點點，看到仍然站著的鄭護，頭顱又澎地倒了下去。

體力完全地透支的葉勇，能感受到心臟完全失去節奏地狂跳，明明他已是不斷地喘著粗氣，肺部卻是一直都沒有氧氣進入似的。

「我輸了。」在吵得刺耳的回合結束鈴聲中，葉勇好不容易才吐出了這幾個字。

躺在擂台上，眼前就是擂台頂上的白光射燈，那白光刺眼得叫人眼睛發痛，刺眼得叫人不禁流下淚來。

那怕是萬一中的萬一。

葉勇想，假如真的有奇蹟，他能在與鄭護的對決中贏下來的話，大概就能鼓起勇氣問問她過得好不好。

我這種人……真的很討厭啊。

不堪得沒有辦法把她留在身邊。

軟弱得分開之後沒有辦法好好地走出來。

懦弱得只能不斷找事情來逃避。

幼稚得只能以這樣的約定去欺騙自己。

卑鄙得甚麼手段都用盡了，結果仍是只能像條蟲子一樣，無力地躺在這裡。

不知為什麼，葉勇眼前的白光變得越來越模糊，而那糊作一堆的白光，看起來……有點像拚了命喜歡過的她。

司徒在葉勇身旁蹲了下來，輕輕地將他的上半身扶了起來。

「已經很不錯了。」司徒拍拍葉勇的肩頭，道。

葉勇茫然，看著司徒。

「打得很好。」馬頭也走到葉勇旁邊，輕輕地拍了拍他的頭。

「輸的應該是我才對。」鄭護好不容易才緩過來，走到葉勇身旁道。

鄭護講的的確是事實。

鄭護能夠站著不倒下去，完全是因為他的經驗壓倒性地高於葉勇，才能用體格和力量硬是壓下那一拳的傷害。

在戰略層面上，這一回合是葉勇的完全勝利。

這絕不代表鄭護不強，或者葉勇是甚麼不世出的天才；能在幾個月的訓練內打敗鄭護。

葉勇體力不足，所以司徒取來了實戰中不可能有的五分鐘休息時間。

以葉勇的集中力和技術基本不可能支撐得了一整個回合的高強度對戰，所以司徒讓他放棄了整個回合，只為了最後的那一輪交鋒。

熟知馬頭和鄭護的脾氣，吃定了他們不會阻止葉勇逃了一整個回合。

而滿場逃竄也好，用那往前硬是破壞鄭護出拳的破壞力也好，全都建基於葉勇這幾個月內無數次與鄭護對練換來的熟悉。

更遑論最後的那個單槍。

葉勇用力閉眼，將眼眶裡的淚水擠了出來，然後用手背用力地擦了擦。

「我知道答案了。」葉勇道：「所謂的『單槍』，就是能夠預知對方的動作，然後與對方同時發動的反擊拳，對吧。」

「正確。」馬頭和司徒雙雙點頭。

單槍本該是一個極難掌握的必殺技。

完全掌握了對方的進攻動作，然後預先判讀對方進攻的意圖，再在同一個瞬間予以反擊。

整個流程，都得在短短的數回合中完成。

對使用者而言，拳理、反射神經、對反擊拳的熟練度和精度，以至最重要的對敵方進攻意圖的判讀，缺一不可。

而這本該最困難的部份，在司徒的劇本下反倒成為了最簡單的一環；畢竟葉勇不可能不清楚鄭護的揮拳動作和進攻意圖。

他利用了能夠被利用上的一切，才編寫了這個充滿奇蹟的劇本。

「這劇本可真漂亮啊。」馬頭也不得不對司徒表示讚嘆。

「那當然。」司徒笑道。

「……師傅。」葉勇淚痕未乾，聲音也帶著一點很輕很輕的哽咽：「我……想試著去打比賽。」

「為什麼？」提問的並不是馬頭，而是司徒。

「我想，如果有那個機會的話，我想告訴她，我過得很好，有很努力地活著。」葉勇愣了一會，才說道。

「這樣會不會很蠢？」葉勇苦笑：「畢竟擂台這麼可怕，不是為了自己的話不會有理由踏上去吧。」

「也不能這樣說。」司徒拍拍葉勇的腦袋，說道：「畢竟擂台這麼可怕，不是為了某個人的話，才不會有理由踏上去吧。」

講這句話的時候，司徒轉頭看向馬頭，眼裡帶著一點點說不清道不明的情緒。

馬頭點點頭，臉上帶著苦澀的笑。

這一句話，連葉勇自己都覺得很幼稚；但他萬萬沒想到司徒和馬頭居然能夠理解他想法。

「謝謝。」葉勇不禁哽咽，剛才好不容易才忍住的眼淚，現在止不住地從眼眶往外湧。

「你是那種在擂台上也會拚命思考的人吧，要不要考慮來我這邊？」司徒向葉勇道：「這傢伙可不擅長教你這種類型的學生。」
葉勇一愣。
由剛才的指揮看來，司徒絕對是不可多得的名師。
並不是馬頭教得不好，只是教練與拳手之間的相性問題。
馬頭這種從來不仔細講解，只是用實戰訓練和示範來指導的，最適合鄭護這些依賴直覺作戰的選手。
而反觀葉勇這種思考型的，明顯由司徒來指導會更好。
但葉勇並沒有答應下來。
既然他拜入了馬頭的門下，喊的是師傅，自然也有對馬頭門下的歸屬感。
「對不起。」葉勇苦笑道：「我已經有師傅了。」
「沒關係，過去吧。」馬頭伸手拍了拍葉勇的腦袋，笑道：「我們的上一輩是師兄弟，講得嚴格一點我們還算是同一脈來著。」
既是得了馬頭許可，葉勇思考之下才答應了下來。
留下了地址，司徒起身離開；而馬頭親自把他送到到門外。
「謝謝了。」看著司徒即將離開的背影，馬頭開口道。
「謝甚麼？」司徒轉過頭來，嘴上的牙簽往上一挑。
「你幫的，不單是葉勇吧？」馬頭回頭看著鄭護。

再一次面對單槍，鄭護似乎抓到了甚麼頭緒，坐在一旁仔細地思考著。

「嗯……誰知道呢？」司徒不置可否，抓了抓頭，然後轉身離開。

六。
陰險

作風老派，向來標榜健全的靈魂只能寄宿在健全的肉體上的馬頭，昨晚難得地睡得很差。

窗外下著濛濛的小雨，不至於吵，但讓周圍都濕答答的。

明明睡足了八個小時，但起床的時候卻睏得像是只瞇了兩個小時一樣。

也有可能是因為亡妻的生忌近了，也有可能是昨晚難得地夢見了很多年前的事，馬頭也不是很清楚。

馬頭坐在床上，拿起放在床頭櫃的一個玻璃瓶子。

瓶身是那種遮光用的啡黑色瓶子，上面的標籤紙都已經發黃了，顯然這個瓶子已經在這裡放很久了。

馬頭輕輕地旋動瓶身，動作輕柔在像是在翻閱一本破舊的日記似的。

這是一瓶安眠藥。

瓶身上的標籤紙上打印著出廠日期，上頭顯示著的是七年前。

和鄭護相識的那一年。

明明已經是七年前的事，但不單在夢裡，即使在回憶中也是鮮明得像是昨天的回憶一樣，絲毫沒有褪色的跡象。

就如同想要不斷地提醒馬頭，當年他做錯了事一樣。

不是總有那種説法嗎？在自己的本命年，也就是農曆再回到自己出年那個生肖的那一年，絕對會災禍不斷。

馬頭對此原是嗤之以鼻，因為這一年對他來説，是幸福得無以復加的一年。

他的妻子懷孕了，超音波顯示她是個很健康的女孩子。

他期待已久的洪正也爬上來了；無論勝負，他也想跟他……跟那個單槍一決勝負。

然後那個本命年的詛咒就莫名奇妙地來了。

「你今天不是有護級戰要打麼？只有一點點出血，不會有事的。」

馬頭還記得，阿唯坐在病床上，嘴唇有一點點發白，講話的時候氣有一點點喘，還輕輕咳了兩聲。

「是阿正吧？記得贏下來，然後把那條寒酸的冠軍腰帶拿回來我看看。」

寒酸的冠軍腰帶，是他倆之間的小秘密。

在馬頭仍未第一次拿到冠軍腰帶的時候，他一直以為那個一定是金造的，雖然純度大概應該不怎麼樣。

到他第一次拿到那條夢寐以求的腰帶的時候，他才發現，原來那條腰帶只是普通的鍍金腰帶而已；在獎牌店訂製一條大概用不到一千元。

而且明明是這麼便宜的腰帶，居然還不是永久的。

一年的冠軍，只能將那條腰帶留著一年，下一年還是要還回去。

假如三連霸的話，拳擊總會就會……允許你把那條冠軍腰帶買回去。

不是送給你，而是允許你買回去。

自從在首次拿到冠軍，知道了這些規則之後，這條腰帶在他倆口中的稱呼，就變成了「那條寒酸的冠軍腰帶」。

假如在對上洪正的護級戰之中勝出的話，正好是三連冠，可以把那條寒酸的冠軍腰帶買回去——

送給阿唯。

然後在即將出場的不久，他接到了來自醫院的那個電話。

後來，他敗在洪正手下。

雖然眼眶嚴重出血，但他只做了最基礎的應急處理，便頂著滲血的紗布到醫院。

假如當時有更加仔細的處理的話，或許他的右眼不會永久失去視力。

但縱然如此，他仍是沒有來得及見阿唯最後一面。

醫生說是敗血性流產，一屍兩命。

一屍兩命。

四個字裡，包含著多少嘔心瀝血的絕望。

對於眼睛的事，他沒有半點後悔。

右眼沒了就沒了，他沒有所謂。

拳擊生涯沒了就沒了，他也沒有所謂。

但他有其他痛入心脾的後悔。

或許他可以早點完結那場賽事。

或許他可以選擇放棄那場賽事。

或許他可以選擇不要小孩。

甚至他還想過，假如他和阿唯沒有在一起的話，阿唯或許就不會死。

這些或許，無時無刻都在噬食馬頭的精神。

直至那個雨夜。

遇上鄭護的那個雨夜。

那一夜，他買了盒飯，又在便利店買了啤酒。

這牌子的啤酒喝起來像尿一樣難喝，可是酒精濃度夠高。

喝多了，就能夠暫時放下在腦海纏擾不去的後悔，就能夠睡得著。

拿著那袋盒飯，馬頭偶爾又經過一家藥房。

正好，他在櫥窗裡看到一瓶安眠藥。

然後他走進去，把那瓶安眠藥買了下來。

本來應該是瓶子上的「贈你一晚安睡」吸引了他，但拿著那個瓶子，他腦海裡浮起的，卻是另一個奇異的念頭。

把這瓶東西全吃進去，就能見到阿唯了。

離開藥房，天上突然淅瀝淅瀝地下起了小雨。

這時候他滿腦都是酒精，雨水澆在身上涼涼的，讓他莫名地心情很好；甚至哼起了小曲。

被那個垢面蓬頭的小鬼搶去手上的袋子的時候，他只是一愣。

不過就一個盒飯，由他去吧。

然後他才驚覺，被搶去的還有那個放著安眠藥的袋子。

轉念至此，他的思緒立馬變得清醒起來，就像是一盤冷水從頭澆到腳一樣。

假如他以為是糖果之類的東西，吃下去的話可就出人命了。

所以他才不得不拚了死命去追，又不得不出手將他推到那個垃圾堆上。

「沒門。」馬頭吼道。

在那個小鬼那聲厚顏無恥的「教我」之後，馬頭的無名火又揚高了幾吋。

「你的家人呢？」馬頭問。

「……關你甚麼事？」那個小鬼回答的時候語氣雖兇，眼裡卻是閃過一瞬的黯然。

馬頭有點不耐煩，伸手抓住那小鬼的衣領。

「我帶去你見警察。」馬頭道。

那小鬼聞言一愣，然後像是被踩了尾巴的貓似的，一下子就掙開了馬頭的手。

管都管了，也不好半途而廢，馬頭只好嘆了口氣繼續應付這個小鬼。

馬頭再次伸手想去抓，但那小鬼竟是往後急退了兩步，然後再次擺出了拳擊的步姿。

馬頭的無名火再度揚起，向那小鬼伸出手，道：「你來試試看啊。」

那小鬼往前踏了兩步，然後左手狠狠地往馬頭揮來。

對馬頭剛才示範的動作，他居然是一點就通；普通人大概得學上好幾個星期的左足尖內旋，並由腰軸帶動左肩的旋轉，那小鬼居然只看一次就全學過去了。

馬頭內心讚嘆之際，才驚覺那一拳的落點所指居然是……下陰。

馬頭不禁大驚，伸手去撥，但身法踏正了的拳可沒有剛才那麼好處理；即使把拳撥偏了，亦只是將其撥到大腿內側，打實了也是一陣巨痛。

吃痛之下，馬頭又將那小鬼推到那個垃圾袋上。

年紀小小的出手這麼重還這麼下作。

那小鬼掙扎著支起了上半身，然後又摔了下去，爬了老半天都爬不起來。

馬頭走了過去把他扶了起來，雖然沒有講話，但那小鬼的眼神死死地盯著那個盒飯。

馬頭拿出那個盒飯，問道：「吃麼？」

本來重要的就不是這個盒飯，而是裝著安眠藥的那個袋子而已。

那小鬼用力點了點頭，便一把將那盒飯奪去，打開了就拚命往嘴裡塞，大概是餓瘋了。

「慢慢吃，」馬頭蹲在他旁邊：「沒有人跟你搶的。」

那小鬼只是抬頭看了看，又將頭往下埋繼續拚命吃。

「你父母呢？」馬頭問道。

那小鬼沒有回話。

或許是這個詞有點太深了，馬頭想了想又道：「你爸爸呢？」

「死了。」那小鬼吃飯的動作半點沒停，講話含糊不清。

馬頭不語，畢竟他的外觀看來，也不像只是離家出走那麼簡單。

「那你媽媽呢？」馬頭又問。

「……」這回小鬼終於停下了手，又道：「也死了。」

話畢，他又接著將飯菜往嘴裡塞：「現在只剩下我一個人了。」

那小鬼這樣講的時候，語氣稀鬆平常的，就像是在聊今天的天氣一樣。

你也是孤身一人麼。

阿唯，是不是妳怕我會來，所以才把這個小鬼推到我面前來呢？

馬頭拿起那瓶安眠藥想丟到垃圾桶內，然後又略作猶豫，放回了那個袋子裡。

「跟我來吧。」馬頭長長地嘆了一口氣，道：「那個直拳，我教你。」

＊＊＊

「師傅你……是怎麼了？」鄭護有點不解，問道。

馬頭的思緒被鄭護這一聲呼喊從回憶中扯回了現實。

在他訓練的時候，馬頭一直莫名地看著他出神，好像一直在想些甚麼似的。

那種一直在背後被注視的感覺，讓鄭護覺得很不舒服。

也許是已經習慣了葉勇的存在，他比較少來之後，只剩下馬頭和鄭護兩人的拳館突然變得有點冷清清的，看起來有點空曠。

「你師母的生忌快到了，」馬頭突然道：「過兩天和我一起去拜一拜她吧。」

鄭護點點頭，答應了下來。

馬頭本人沒有宗教信仰，但師母信佛，所以師母身後的行儀，都以佛教形式進行。

所以馬頭有一本漢譯本的《地藏經》，全名好像叫《地藏菩薩本願經》。

那時候第一次看見，小時候的鄭護還有點驚訝。

明明都二十一世紀了，那本《地藏經》居然是宣紙本，上面的墨字也是扭七歪八的。

後來才知道，那是馬頭自己手抄的。

聞說，念《地藏經》可以超度仙去的親人，而馬頭又不知道在哪裡聽來，用抄的比用念的效果更好。

鄭護看著馬頭抄了好多本，高大的身軀捲在桌子前，就著橙黃色的枱燈吃力地拿毛筆抄著。

那時候他似乎還沒習慣只有一邊的視力，老是抄出界，然後就得整本重來。

那本東西全長一萬七千零五十一字，馬頭抄了好多次，抄了好多年。

鄭護問過馬頭，你覺得念這些，抄這些有用麼。

馬頭只是說，他也不知道，也許有吧。

他只是想念。

帶著鮮花素果，馬頭和鄭護到了師母所在的那個靈位。

往前一望，兩人都是微微一驚。

師母的靈位面前，居然已經有三注清香燃起，橙紅色的香火飄出裊裊輕煙。

一個中年男人正站於靈位面前合掌低頭。

鄭護並不知道那個中年男人是誰，但他認識站在旁邊的人。

洪不問。

鄭護狐疑地看向馬頭，而馬頭只是擺擺手，示意無妨。

「阿正，好久不見了。」馬頭笑道。

中年人聽見馬頭的招呼轉過頭來，也露出了笑容道：「馬頭，好多年沒見啦。」

上一輩熱情地互相招呼，小輩之間的溫度卻是截然相反；洪不問看到鄭護和馬頭，只是輕輕地點了點頭，幅度小得幾乎看不見。

被馬頭稱呼為阿正的男人見狀，立馬按著洪不問的頭給馬頭打了個招呼。

既是能按著洪不問的頭打招呼，又被馬頭稱為阿正，自然就是洪不問的師傅，馬頭當年的宿敵洪正。

眼看之前從不正眼看人的洪不問被按著打招呼，鄭護差點沒笑出聲來；然後他發現馬頭的眼神略帶兇狠，明顯就是你不好好打招呼的話下場就得和他差不多，嚇得鄭護也禮禮貌貌地對洪正打了個招呼。

看著馬頭和洪正寒暄，鄭護心裡有一點點驚訝；畢竟洪正看起來就似是一個平易近人的中年人，和沉默寡言的洪不問半點都不像。

「是真的很久了，」洪正笑道：「上一次見面，已經是在阿唯的喪禮上了吧。」

「對。」馬頭一愣，點頭道：「七年了。」

「這麼多年沒見，甚麼風突然把你吹來了？」馬頭不禁問道。

「這個嘛……」洪正搔搔臉頰，然後道：「你先上了香吧。」

聽來也有道理，馬頭便擺好五果，三注清香小心翼翼地上了。

跪在靈龕面前，石碑上「鄭門張氏」幾個紅漆字已是暗暗淡淡的有點開裂，又該要補了。

上一次補漆，得有兩、三年了吧。

正想得出神，洪正在旁邊突然道：「對不起。」

馬頭突然回過神來，問道：「甚麼對不起？」

「你的眼睛。」洪正苦笑：「假如不是阿唯的事的話，我不可能贏得了你吧。」

「甚麼傻話。」馬頭搖了搖頭：「輸了就是輸了，技不如人沒甚麼好說的。」

「而眼睛嘛。」馬頭搔了搔右眼的眼皮：「拳腳無眼，站得上擂台也有心理準備了吧。」

「別說這些了，」馬頭像趕蒼蠅一樣揮了揮手，道：「你不是單純的來拜阿唯的吧。」

「也沒有甚麼特別的。」洪正的苦笑混入了一點尷尬：「只是這小子過來給你們添麻煩了吧？」

話畢，洪正一指身旁的洪不問。

「甚麼麻煩？」馬頭一愣，然後才反應過來：「你指他來找鄭護打的事吧？」

「對，」洪正點了點頭：「這小子不懂規矩，實在抱歉了。」

「嗯哼。」馬頭不置可否：「不止這樣吧？洪不問棄權大概也是你在多管閒事？」

「沒錯，」洪正笑得有點尷尬。

然後兩人都沒有作聲。

「我看過他的錄像了。」首先打破沉默的，居然是洪正：「他……繼承了你的左拳吧。」

「算是吧。」馬頭笑笑，道：「明明又難學又不是特別好用，但只有他學會了。」

「所以你不想看麼？」洪正難掩語氣中的興奮：「假如不是因為阿唯的事的話……那一局的後續到底會怎麼樣？」

講到這裡，洪正與人的感覺忽然大變，眼神帶著讓人汗毛倒豎的偏執。

雖然看起來平易近人，但能攀上頂點的，不可能不對勝負有異常的執著。

馬頭只是長長地嘆了口氣。

「想啊。」馬頭苦笑道：「只是洪正啊。」

馬頭講話的時候，看向在另一端正在小聲地談著甚麼的鄭護與洪不問。

「雖然落幕的方式這麼荒謬，」馬頭苦笑道：「但我和你之間的勝負已經完了，你贏了。」

「所以——」洪正又道。

「你還不懂麼？」馬頭打斷了洪正的話頭：「雖然那小子繼承了我的左拳，洪不問繼承了『單槍』。」

「但是那也只會是他們之間的勝負。」馬頭略略停頓，又道：「不是，也不會是我們之間的延續。」

聽到這裡，洪正本來還想說點甚麼，但在好一陣子的沉默之後，就似是泄了氣的皮球一樣，苦笑道：「你說的沒錯，也許是我太執著了吧。」

「話說回來，」馬頭問道：「我沒印象我見過他？他是……？」

「……領養的。」洪正苦笑：「但他大概是比我們這些姓洪的更加有天份。」

「講是天份，」馬頭嘲諷道：「事實上就是有多能吃苦吧？」

「那個動作精度……比你這個機械人更像機械人啊。」馬頭道：「是師傅親自調教的吧？」

「對，」馬頭講的雖然尖酸，但洪正完全沒有辦法反駁：「也許正因為不是洪家人吧，他比任何一個洪家人都要努力……你猜他從入門到老爹認可他的『單槍』，花了多久？」

「我記得你花了四年吧？」馬頭想了想，道：「比你還要快？」

「快多了，」洪正道：「他只花了兩年。」

馬頭不禁有點驚訝；要習得單槍，天份只是最基礎的條件，最重要的還是嚴苛得有如苦修的訓練。

馬頭還記得，當年洪正帶著滲著血的手帶訓練可是家常便飯。

而洪正花了四年習得已經是那一輩最出色的弟子，而洪不問居然比他還要快。

到底他那兩年，是過著怎麼樣的日子？

「你讓我也期待起來了，」馬頭笑了：「到底他們之間……誰會贏呢？」

長輩這一邊聊得熱烈，另一邊的溫度倒是截然相反。

馬頭和洪正是故知，自然有話可聊；但鄭護和洪不問這邊，畢竟兩人都不是擅長聊天的性子，氣氛不禁顯得有點尷尬。

長輩聊天，他倆都是自覺退遠了不少，坐了在不遠處的石椅上，只見兩人的師父輩聊得起勁，與這邊的沉默形成巨大的反差。

「我知道『單槍』的本質了。」萬萬沒想到，率先打開話題的居然是鄭護。

「是麼。」洪不問道：「恭喜你。」

然後兩人之間再度陷入沉默。

「為什麼要棄權?」再一次先講話的，依然是鄭護。

「師傅決定的，」洪不問答道：「他說現在還未到時候。」

「那你呢?」鄭護問道：「你就半點都不在意麼?」

「……」在短暫的遲疑之下，洪不問說道：「我是洪家的養子。」

「所以我必須證明自己有那個資格，」洪不問答道：「有資格繼承『單槍』、有資格代表洪家站上擂台……有資格背負洪這個姓。」

明明是如此扭曲的事，洪不問卻講得稀鬆平常，像是在談論今天的天氣似的。

「既然如此，家師的意願就是我的意願。」洪不問答道：「反正甚麼時候對上也好，既是背負著洪家的名頭，我就不可能輸。」

洪不問回答的時候，語氣裡面沒有一絲一毫的自傲，就似是在陳述客觀的事實一樣。

「同樣地背負著執念的你，應該也能明白吧?」洪不問問道。

聊到這裡，洪正和馬頭的對話似乎亦已經告一段落，洪正向洪不問招了招手。

「你之前不是問過我麼?」洪不問見狀，站起身來道：「問我拳擊是甚麼，我喜不喜歡拳擊。」

「身為洪家的傳人，這是我的生存方式。」洪不問轉過身：「不容我決定喜不喜歡。」

左刺拳
終。

沒有半點懸念，鄭護和洪不問的下一次對決，已經是該年度的冠軍戰。

這大概是洪正作為主辦方的一員，刻意操弄過的結果吧。

但就結果而言，鄭護的確需要更多實戰經驗成長，馬頭也就接受了洪正這個人情了。

兩人在積分戰中，都是以全勝記錄出線。

憑著那個單槍，洪不問這邊自然毫無懸念；但鄭護可是跨越了無數絕境，才終於踏上和洪不同相同的水平線。

「緊張麼？」看著熱身完的鄭護，馬頭忍不住問道。

也許會這樣問，原因是緊張的絕不只限於鄭護。

不知道為什麼，馬頭回想起那一年，準備踏上擂台前的自己。

阿唯，我將你送來的孩子也推到擂台上，你會不會生氣啊？

「還好。」鄭護答道。

說不緊張自然是騙人的。

畢竟他背負的不可單是自己，還有馬頭的期望。

熱身完畢，外頭傳出賽評要求選手進場的的吼聲。

「那個『單槍』……你有把握麼。」馬頭問道。

「大概吧，」鄭護的回答很乾脆：「我也不知道。」

馬頭似乎想說點甚麼，但思索過後，又吞了回去。

「這一場比賽，跟我和洪正的事無關。」馬頭說道：「放輕鬆，按你的意思好好打一場吧。」

鄭護咬好牙膠，背著馬頭揮了揮手，步上了擂台。

在後頭看著，馬頭大概比鄭護更加緊張。

雖然不是風雨天，但他的右眼莫名地隱隱作痛。

「你……不一樣了。」雙雙步上擂台，竟是洪不問先開了口。

「是麼。」鄭護笑笑：「你倒是半點都沒變。」

這是事實。

假如完成了洪家嚴苛得有如苦修的訓練才出道的洪不問是一柄已經開鋒完成的名劍的話，那半年前的鄭護只是一柄刀胚而已。

技術、戰略，早就已經融和在鄭護的血肉裡面。

但信念、意志，只能夠在沒有退路的實戰中才能被鍛打出來。

現在，鄭護已經是一柄冒著銳寒的尖刀。

同為頂尖的拳手，洪不問自然看得出這一點。
而鄭護身為當事人，大概並沒有這個自覺。
面對鄭護的淡然，洪不問倒是難得地感到了緊張。
他現在所背負的，不單是洪家的聲名；更重要的是洪正的遺憾。
為了師傅，我不會輸。
兩人默默無語間，同時擺好了架式。
大家都很清楚對方想表達的意思。
接下來的，就用拳頭來聊吧。
「BOX!」
裁判示意開始之後，率先進攻的居然是……洪不問。
並沒有料到這一著的鄭護來不及往後退，只好抬起手硬是防下了這一擊。
乘著洪不問揮拳的衝擊力，鄭護毫不猶豫便開始往後退。
感受著前臂處的赤痛，鄭護不禁在心裡苦笑。
這傢伙的拳還是一樣重得要命。
而且你作為反擊型的，為什麼要主動進攻啊。
而洪不問眼看初擊有效，自然不會讓鄭護有喘息的空間，一踏步便追了上來。
明明這開局有利於洪不問這一邊，但馬頭和洪正在台下看到都是心裡不禁苦笑。

這孩子……明顯失去了冷靜。

饒是如此，鄭護仍是得全神貫注，才勉強防得住洪不問的進攻。

敗在單槍之下的人，或許會有種錯覺，難纏的不過是單槍而已；只要破解了單槍就能贏。

事實上，能夠預測並反擊大部份拳路的前提，就是必須能夠精確地理解任何拳路的速度、打點、變奏。

而能夠達成這一點的方法，只有一種。

學習、掌握、並在面對同一款拳路前不斷一次又一次地擊倒，直至能夠反擊、直至能夠將正確的反擊動作刻入骨髓、直至無須思考便能夠出手還擊為止。

所以單槍並不單止能夠盡破天下萬法。

它本身就是天下萬法。

能夠掌握單槍的人，幾乎每一個拳路都很強。

所以即使冒進，洪不問的進攻仍是難應付得要命。

鄭護作為防守方幾乎沒喘息的空間，眼看洪不問踏步旋身揮出右勾拳，從旋轉的幅度來看，打實了比賽就得結束了。

鄭護深吸了一口氣，毫不猶豫地選擇立定，雙手並攏才好不容易地接下這一拳。

此時鄭護的重心已被擊得偏離了中軸，但洪不問居然仍有餘力，潛藏在下方的左手上勾拳宛如毒蛇般往上噬咬。

重心偏離，要用步法躲開已是不可能，鄭護只好猛地將上身往後扳，勉強地躲過了這一拳。

假如是平常的洪不問的話，大概不會有這樣的破綻，但洪不問冒進之下，上勾拳的拳勢明顯用老，露出了明顯的破綻。

鄭護在心裡暗暗嘆了口氣，踏步向前，然後……

用額頭狠狠地撞在洪不問的額頭上。

「STOP!」裁判立馬喊停了比賽，並警告了鄭護不當動作。

包括洪不問在內，在場大部份人對此都是深感錯愕。

鄭護用拳套拍了拍有點發昏的腦袋，然後向洪不問笑了笑。

鄭護很想贏。

想贏得不得了。

假如洪不問繼續這麼急進的話，鄭護的贏面或許會大得多。

但是鄭護想贏的不是這場比賽。

他想贏的是「單槍」、是洪不問。

而腦袋被狠狠地敲了一記的洪不問先是錯愕，然後理解了鄭護的意思。

清醒了沒？

沒想到自己居然會在擂台上失去冷靜，洪不問在心道不禁暗暗苦笑。

向裁判示意自己無礙，比賽再度展開。

洪不問站定了，從那幾乎沒有空隙的步姿看來，洪不問似乎已經恢復了冷靜。

鄭護很滿意，所以他決定主動進攻。

壓低身子猛地往前，左手的直拳如尖槍猛地往洪不問下頜處刺去。

洪不問伸手格開，鄭護的右手直拳已至。

洪不問的內心不禁驚訝。

比起上次對決，鄭護的動作快了很多。

並不單純是揮拳的速度，而是整個組合技之間的轉接、切換都去掉了僅餘的那一點點冗餘的動作，拳與拳之間緊密得有如流水一般。

擋下了鄭護的右拳，洪不問往後急退了兩步，重整自己的姿態。

剛才那一段冒進的猛攻，讓體力的消耗比預想中快了一點，他不得不小心行事。

但禮尚往來，鄭護倒是半點想要讓洪不問喘息的意思都沒有，毫不猶豫便踏步往前追擊。

乘著洪不問後退的重心靠後，鄭護幾乎沒有中斷過自己的攻擊，一口氣將洪不問逼到了角落處。

眼看洪不問已經退無可退，鄭護上身右旋，一記右勾拳直奔往洪不問面門而去。

洪不問眼裡寒芒一閃，左拳暴射而出。

「單槍」。

一擊之下，左拳傳來先是傳來明顯的反饋感，但揮拳的感覺明顯不對。

手肘處仍未正確的展盡，這一拳的落點比預想中往前了一點。

甚至來不及感到驚訝，反擊型拳手特有的直覺已是瘋狂地尖鳴著。

左方一道兇暴的拳風撲面而來，洪不問只來得及將左肩抬起，一道強大的衝擊力便從左方傳來，幾乎讓洪不問站不住。

饒是抬起的左肩卸去了一大半衝擊力，那一拳的勁力仍是穿透左臂，讓洪不問的腦門微微發昏。

硬是架起了防禦，洪不問好不容易才防住了接下來的幾拳，從側面逃了出來。

洪不問仔細一看，鄭護的臉龐上，受擊而發紅的位置居然不是下頜，而是雙目之間；鄭護的鼻翼下帶著一點點淺紅，已經流血了。

看到鄭護的鼻血，洪不問一驚，然後才理解了剛才打偏的原因。

距離錯了。

嘖，還是傾得不夠前。

感到鼻腔微微發暖，鄭護知道大概是掛彩了，但他這半步的成果十分令人鼓舞。

上一次與葉勇的對決之中，葉勇用那半步的距離讓他出拳渾身難受。

而單槍的本質首先是揮拳，然後才是反擊拳。

而無論怎麼樣的拳，揮拳的距離都是破壞力的關鍵；而這最後的幾厘米更是重中之重。

而且只要那一拳的落點不是下頜，鄭護就有信心挨得下來。

既然有效，鄭護毫不猶豫地狠吸了一口氣，再次發起進攻。

這種距離控制有一個相當明顯的缺點；假如被逼到角落的話，調整距離的空間就會被大大壓縮。

為了封鎖這個可能，鄭護不能將主動權交到洪不問手上。

而單槍出手居然失利，明顯影響了洪不問的發揮；鄭護這邊所感受到的壓力登時弱上了許多。

不到三輪攻防交換，洪不問已經再次步近擂台角落。

左腳尖側點，帶動著左手勾拳旋出，洪不問順勢往左逃，但被鄭護看穿了；防下了洪不問的左拳之外，鄭護立馬左拳橫掃，將洪不問逼回角落。

往前踏步，鄭護左拳揮出。

在視野的餘光中，回合的倒計時只剩下三秒，只要打完這一拳——

洪不問很憤怒。

沒有人可以在洪家人面前、在單槍的威脅面前分神。

的而且確，正確的半步能夠將單槍無力化。

但是唯一，而且絕對的前提是——那半步能夠比單槍更快。

而很明顯，正在分神的鄭護不能。

「單槍」擊出。

鄭護的思緒就在這一瞬間突然中斷，然後下頜傳來巨痛。

腦面一片發白。

甚至沒有辦法站直，只能順著往後的衝擊力硬是往後退，保持著身體平衡不倒下去。

一擊得手，洪不問往前突進，準備揮拳。

回合結束的鐘聲響起，洪不問的拳頭靜止在離鄭護不到一拳寬的位置上，然後他放下手，轉身。

＊＊＊

回合與回合之間的六十秒。

緊急的傷勢處理、補充水份、決定下一個回合的戰術、調整呼吸、休息。

這六十秒寶貴得本該恨不得每一秒都撕開兩份來用。

但鄭護光是緩下剛才那一記單槍的衝擊，已經花了接近二十秒。

「還頂得住麼？」看著鄭護漱口後吐出來的水明顯帶著血紅，馬頭不禁有點擔心。

雖然鄭護和馬頭都很清楚這半步並不能完全封死單槍，但第一回合已經要硬挨一記完整的單槍亦是意料之外。

這樣一來，下一回合的計劃……

鄭護晃了晃頭，道：「不用擔心，我沒事的。」

六十秒眨眼間便過，第二回合亦隨之展開。

正面挨了一記單槍，對腦袋造成的傷害並不是短短的六十秒內可以回復得了的。

鄭護只能在小心地在中距離互相試探，盡量爭取時間讓衝擊緩過來。

確確實實地挨上了一記單槍之後，鄭護變無比地謹慎。

只要進入了單槍的射程範圍，鄭護的動作明顯變得狹隘了許多。

雖然不會露出破綻，但相對地亦會完全失去自己的攻擊性。

馬頭一直擔心的事，最後還是發生了。

單槍的恐怖，並不只限於單槍本身。

一套連擊之下，鄭護的右拳成功打偏了洪不問的左手，本是一個繼續進攻的大好機會。

但洪不問只是身體右傾，鄭護便立即放棄了餘下的攻勢，飛快地撤出了單槍的攻擊範圍。

這種毫無意義的加速，只會白白地浪費體力。

單槍的威脅，會成為噬食意志和精神的猛毒。

它會緊纏在你的四肢五體之上，直至擰乾你最後一絲力氣，成為它毒牙之下的餌食為止。

而鄭護也發現了這一點。

在中距離互相試探，佔上風的本該是鄭護；但現下鄭護居然被洪不問逼得節節後退。

往後退了兩步，鄭護狠狠地咬進自己的下唇。

一陣尖銳的巨痛撕穿了蒙於腦海的最後一絲昏眩。

足夠了。

鄭護刺拳一晃，立馬矮身突進，在洪不問防禦的一絲空隙中，毫不猶豫地突入了零距離戰。

既然沒有辦法處理單槍，那就不要處理。

在短距離的互毆中，沒有施展單槍的空間。

講得更嚴格一點，在這種距離下，甚至沒有辦法思考和部署任何攻勢。

在這種短兵相接的距離下，能夠依賴的，只有在漫長的歲月之中銘刻入血肉靈魂的揮拳本能。

而很不巧，鄭護和洪不問對此都有著絕不能退讓的自負。

只看拳重的話，鄭護這一邊明顯佔優。

但這並不代表鄭護能在這段互毆中討到甚麼甜頭。

因為洪不問的拳頭……很準。

即使幾乎沒有瞄準的空間，但揮拳只指要害這一點，早就已經在單槍的訓練中成為了洪不問靈魂的一部份，即使在這種幾乎只能依賴本能的互毆中，洪不問的拳頭依然能夠擊打在下頜和側腹這些要害上。

而洪不問也絕對不好受。

鄭護的出拳並不刁鑽，只是十分正確的基礎動作，甚至正確得有點普通。

但是在這種距離下，仍能保持著正確的揮拳動作這回事，本身就很異常。

而這種正確地揮出的拳頭，在這種距離下更是重得不可思議。

邊擋邊退，防住了鄭護好幾拳，洪不問終於找到一個機會反擊。

鄭護的右拳從洪不問的耳邊擦過，拳勢用老之際，洪不問的左拳立馬刺往鄭護的下頜。

洪不問所瞄準的，是剛才第一回合所擊打的同一點。

只要再一次命中，鄭護絕對不可能挨得下來。

鄭護暗暗笑了。

整個回合的互毆，就是在等這一刻。

假如要讓鄭護去猜洪不問揮拳的打點的話，他大概是猜不出來的——但是，這一次是個例外。

既然已經擊中過一次，只要有那個機會的話，洪不問不可能不瞄準那一點。

前傾。

這二字說來簡單，但這前傾代表的可是以人體最重要，最脆弱的頭顱去硬擋最堅固，最具破壞力的拳頭。

發現了鄭護的用意，洪不問完全放棄了接下的追擊和變奏的可能性，全力揮出了這一拳。

只要這一拳足夠快，前傾的幅度不夠，鄭護就得敗在這裡。

但洪不問誤會了一點。

這並不是防禦性的前傾。

這是突進。

只是注意著鄭護下頜的洪不問並沒有注意到，鄭護的左拳已經乘著前傾的動量，全力往洪不問的側腹旋去。

澎！

巨響之下，鄭護往後倒去，後腳勉力想要支起身體，但連一步都支不住，直接便往後跌坐在地上，腥紅色的血亦答答答地滴在地蓆上。

在洪不問的全力加速之下，洪不問的打點雖然並沒有精確地落在下頜，但亦只是往上偏了一點點。

以那個出血量看來，鼻樑大概是斷了。

縱使如此，在鄭護倒下之前，這回合依然正在繼續，洪不問本應該繼續進攻，但他只是呆站在原地。

鄭護的那一拳，徹徹底底地刺進了洪不問的側腹。

洪不問試探性的吸了一口氣，側腹處便傳來撕裂般的巨痛。

他試著往前踏了一步。

肝臟那難忍的鈍痛中，一道尖銳的異痛就像是要撕開他的側腹似的。

肋骨裂了。

只是不知道有多嚴重、裂了幾根。

「STOP!」

裁判並不知道洪不問這個的情況，只是眼前鄭護倒下，便喊停了比賽，於鄭護面前倒數。

一！

馬頭站在擂台旁，拳頭捏得關節發白。

二！

洪不問忍受著側腹的巨痛，連呼吸都不敢用力。

三！

鄭護只是茫然，抬頭看著裁判的手指，只覺得頭上的射燈耀眼得叫人難受。

四！

洪不問不禁內心暗暗祈禱：求求你了，不要站起來。

五！

雖然很緩慢，但鄭護緩緩地站起來了。

六！

看見鄭護站了起來，洪不問光是要讓自己保持站立，已是盡了自己全力。

七！

鄭護看向台下，馬頭在那好像在吼些甚麼，但他半點都聽不見。

八！

鄭護抬起了雙手，顯示他還能正常作戰。

這一回合只剩下四秒。

略作猶豫，裁判還是決定比賽能夠繼續，揮手示意。

但沒有人動。

沒有人能動。

鄭護和洪不問只是站著，直至回合完結的鐘聲響起。

在鐘聲響起的一瞬間，洪正和馬頭分別在兩旁衝上擂台，扶住鄭護和洪不問。

而這六十秒寶貴的休息時間，在鄭護清醒過來的時候，已經只剩下四十秒不到了。

「第二回合完了？」鄭護回過神來，問。
「完了，你還有三十秒休息時間。」馬頭將戳入鄭護鼻腔，長長的粗綿棒扯出。
整根綿棒已經被染成黑紅色，濃稠、呈暗紅的血漿黏在上頭，讓綿棒粗了整整一大圈。
馬頭不禁鬆了一口氣。
沒有透明的黏液，腦部應該沒有受到損傷。
「血是暫時止住了，」馬頭有點擔心：「但呼吸應該會受影響，小心一點。」
「謝謝。」鄭護似乎仍未完全清楚，愣了好一陣子才回答得了馬頭。
「睡得好麼？」馬頭強忍擔心，打趣道。
「挺好，」鄭護笑了笑，拍了拍發昏的腦門：「只是我做了一個夢。」
鄭護掙扎著站了起來。
在那個夢裡面，鄭護還小，馬頭得刻意把吊著的沙包往下放，他才夠得著沙包上應該擊打的白點。
馬頭平排地站在他旁邊，向他示範左刺拳的揮法。
「正確的距離、正確的姿勢，就能正確地擊中目標。」馬頭道：「聽得懂麼？」
右拳緊貼下頜，左拳半曲，懸在自己的鼻心正前方。
左腳往前踏半步。

右足施力，推動身體的中軸線往左旋，同時將左拳往內收。
左足的足尖發力，以腰腿的旋轉帶動身體的左旋。
從腳、到大腿、到腰，再傳上肩胛。
揮拳。
啪——
只要揮拳時沒有遲疑、沒有雜念，就會得到拳擊之神的嘉獎。
拳頭的勁力會穿透目標，傳來這樣的一聲清響。
而鄭護很喜歡這一道清響聲。
從這一道清響聲中，鄭護逐漸愛上了拳擊。
他突然理解了，為什麼馬頭從來沒有告訴過他答案。
破解單槍的答案。
看到鄭護突然站起來，馬頭有點驚訝。
「師傅，」鄭護轉過頭來，向身後的馬頭道：「我會證明給你看，你是正確的。」
「你不需要證明甚麼。」馬頭一愣，然後笑笑，道：「好好去打吧，去打一場你想打的比賽。」
鄭護往前走了幾步，在洪不問不遠處站定。
「洪不問，」鄭護問道：「你想贏麼？」

洪不問皺眉。

呼吸一濁，他忍不住咳嗽了起來。

咳嗽牽動了側腹處，劇痛叫人難以忍受。

在這寶貴的六十秒中，即使只是站起來，已是對體力的浪費。

「我會贏，」似乎並不想討鄭護便宜，洪不問也掙扎著站了起來：「洪家的人絕不會輸。」

「不是洪家，」鄭護搖了搖頭：「我問的是你。」

洪不問一愕。

沒等到洪不問想到如何回答，裁判將手伸到了兩人之間。

六十秒經已過去。

鄭護與洪不問之間最後的三分鐘。

第三回合，在鐘聲下宣告開始。

馬頭亦退下擂台，坐定。

他也許比台上的兩人更為緊張。

不單是勝負，還有對單槍的執念。

既然單槍的本質在於與對方同時揮拳，那為何單槍總是比較快？

這是馬頭現役時，一直以來苦思不得其解的問題。

直至當年站上與洪正對決的擂台上，他內心全是擔心阿唯的雜念，而他所揮出的每一拳，都被雜念所干涉，每每莫名地慢了一點。

然後那種零零散散的思緒才在那一刻擰結成繩，形成了簡單得接近可笑的答案。

單槍的毒。

讓人想避免與單槍正面交鋒的明毒固然可怕，但對立志步上頂峰的拳手而言，並不怎麼難去克服。

但隱於其中的暗毒，才是真正令人絕望的地方。

沒有人能夠在經歷過單槍的破壞力後，不感到恐懼。

而這道恐懼，那怕只有極為難以察覺的一星半點，也會纏於拳頭之上，讓拳速變慢。

為什麼「單槍」會莫名地擁有一個名字。

為什麼「單槍」作為絕技，並沒有小心地被隱藏著，而是能夠於拳擊界廣為流傳。

所有的一切，都是為了讓這道毒，深植於對方的拳鋒之中。

既然如此，破解的方法也就變得莫名地簡單了。

只要揮拳時，不帶有一絲雜念就可以了。

不要遲疑。

不要恐懼。

於正確的距離、以正確的姿勢，將自己的拳頭擊出，就能正確地擊中對方。

這就是為何馬頭沒有向鄭護說明自己對單槍的推測。

畢竟恐懼可不是口裡說著放下就能放下的東西。

無法言傳，只能意會。

而這一切，只能交托予立於擂台上的鄭護。

而在擂台之上，兩人暫未向對方發起進攻。

洪不問光是懸起雙拳，往前踏步，側腹處已是一陣一陣的巨痛。

鄭護這邊的狀態並不比洪不問好上多少，好不容易才清乾淨的血枷，又塞住了一邊鼻孔，而從另一邊在呼吸時那黏稠的牽扯感看來，塞住也是時間問題而已。

硬是立好架式，他們同時往前踏步。

雙方都很清楚，大家的狀況已經不容許互相試探，這一戰大概會在數次交鋒內結束。

每一步，每一拳，沒有人敢保留體力。

剛才在休息時候好不容易才累積下來的那麼一點點體力，在踏步與揮拳之間瘋狂地傾瀉而出。

好不容易才躲過鄭護的左拳，但轉動身軀時牽動側腹，又是一陣巨痛。

洪不問咬牙，用力地揮出了一記左拳反擊。

鄭護見狀將自己揮出去的左拳扯回來防禦，但仍是慢了一點點，臉頰再度挨了一拳。

鄭護嘴唇微張，傳來明顯的喘氣聲。

大概是兩邊鼻孔都已經被凝固的血枷塞死，只能用口呼吸了。

但他居然在笑。

洪不問很不解。

在這種情況下，你居然還笑得出來。

這讓他莫名地憤怒，毫不猶豫地往前揮出左拳。

明明幾乎站都要站不穩了，但鄭護仍然帶著明顯的笑。

就好像……他正在享受這一場比賽似的。

為什麼？

到底拳擊，有甚麼有意思的地方？

這種只會為人帶來痛苦的運動，到底你會這麼喜歡？

而鄭護也很不解。

明明有一個能夠暢快淋漓地打一場的對手是一件如此讓人高興的事，為什麼你要苦著一張臉？

他再次勉強地防住洪不問的攻擊，然後左拳揮出。

洪不問抬手擋了下來。

你也好，卓清也好，我遇上過的每一個拳手也好。

你們的拳裡面沒有痛苦、也沒有憎恨。
這種空無一物的拳頭是打不倒我的。
防下了左拳，鄭護的右拳隨之而至。
不要這樣苦著一張臉嘛，明明拳擊是如此的快樂。
那是當初洪不問對上鄭護，最後最後的那一組組合拳。
明明滿臉血污，鄭護臉上卻帶著燦爛的笑意。
洪不問理解了鄭護的笑裡所包含的邀約。
再來一次吧，將全部賭在這一擊上。
鄭護的左腳往前踏了半步。
洪不問的左腳也往前踏了半步。
鄭護右足施力，推動身體的中軸線往左旋，同時將左拳往內收。
洪不問的的身軀前傾，左拳往內收。
鄭護的左足足尖施力，以腰腿的旋轉帶動身體的左旋。
洪不問右足足尖一推，配合了身體的前傾。
從腳、到大腿、到腰，再傳上肩胛。
兩人的拳在雙方的面前交錯。

「單槍」。

揮拳。

在台下，馬頭淚珠止不住地湧出。

鄭護揮出的拳……掙脫了單槍的毒。

正確的距離、正確的姿勢，就能正確地擊中目標。

裡面沒有一絲恐懼、亦沒有一縷雜念，只有對揮拳的熱情和遇到強敵的昂揚。

淚水的灼熱遊移在右眼眶之中，就讓馬頭好像再次感受到右眼的存在似的。

他懸於心中多年，一直沒有解答的問題，終於有了答案。

啪——

在擂台上，拳擊之神向其中一人展露了微笑。

鄭護退了兩步，好不容易才站定。

而洪不問退了一步，然後往後倒了下去。

在失去意識之前，他瞥見頭上的射燈。

而那炫目的虹彩，看起來像是當年小心翼翼地為他處理傷口的洪正似的。

尾聲

1

馬頭懸著筷子，如臨大敵。

在鄭護拿下了腰帶之後的不久，他突然向馬頭説要請他吃飯。

馬頭沒多在意就答應了下來，以為是鄭護要拿冠軍的獎金請他吃飯。

順帶一提，跟那條腰帶同樣窮酸，冠軍的獎金也只有四位數字而已。

直至鄭護告訴馬頭吃飯的地點在他的家，馬頭才發現事情並不是他想的那樣單純。

但都答應下來了，就只能硬著頭皮上了。

但出乎意料外之，放在小几上的幾道菜，從外觀和氣味看來都相當正常。

「我讓葉勇教我的。」鄭護為馬頭裝好一碗飯，放在他面前，然後關上那個電鍋。

這大概是那個電飯鍋在降生以來，第一次履行自己的職責製作米飯。

自從被馬頭收養以來，鄭護的膳食都是由馬頭所管理，鄭護的廚藝即使是以一竅不通來形容都略嫌客氣。

但現下的情況已是騎虎難下，馬頭的筷子在空中懸了老半天，好不容易才下定了決心伸筷夾了點東西。

雖然看起來不焦不糊，但馬頭早就做好了心理準備，吃起來大概咸得發苦或者甜得要命。

馬頭閉起眼睛，將那一筷子食物塞進嘴巴。

出乎意料地，東西並沒有想像般的災難。

一筷子，然後又是一筷子。

這個有點焦了，似乎過了火候。

這個有點淡了，似乎忘了放鹽。

這個吃起來帶著奇怪的甜味，大概是把糖當成鹽放了。

但也只是難吃而已，並吃不死人。

馬頭正想要讚揚幾句，鄭護便突然放下碗筷，向馬頭深深地低下了頭。

「師傅，對不起。」鄭護抬頭，然後道：「我想去台灣。」

馬頭先是一愣，然後理解了鄭護話中的含意。

台灣。

與搏擊運動式微的香港不一樣，各式格鬥技在台灣相當盛行，其中亦包括拳擊。

馬頭曾經跟鄭護說過，假如當年他能贏過洪正的話，下一站就是台灣。
鄭護是馬頭教出來的，他自然希望有一天，鄭護能夠衝破香港這小小的地方，步往世界。
但馬頭本來以為，這是「有一天」會發生的事，而並非今天。
馬頭又吃了一筷子。
是啊，他已經不是當年那個話都說不利索的雛鳥了，該讓他到外頭獨自飛飛看了。
是吧？阿唯。
「好啊，當然好，」馬頭由衷地笑道：「去吧，去把他們的腰帶全都贏回來。」

「請問你拿下了香港冠軍，現在的感受如何？」葉勇笑著，按下了錄音筆的錄製鍵。

一年過去，除了頭髮剪短了以外，洪不問似乎沒有甚麼變化。

倒是葉勇的肌肉線條明顯地精實了，頭髮也留長了不少，學著司徒梳了個大背頭。

「你這不是在挖苦我麼。」洪不問忍不住苦笑。

「怎麼敢怎麼敢，我不是上次才被你暴打了一頓麼，連第二回合都沒捱過去。」這時葉勇的語氣的確帶著明顯的嘲弄：「還怎麼敢挖苦你啊，又不是想死。」

「能怪我麼，」洪不問反問道：「你把『單槍』都用出來了，我還怎麼敢放水啊？」

「哦呵，」洪不問的回答讓葉勇很高興：「能得到你這個『單槍』的繼承人認可，還真的榮幸啊。」

「對啊，就是還是有一點多餘的小動作。」洪不問笑道：「要不我等會教你好了。」

「好啊好啊，」葉勇點頭如搗蒜：「倒是你師傅他……？」

「哦，師傅說沒問題。」洪不問答道：「好像是司徒叔有偷偷問過了。」

「呃……」洪不問左右張望，然後壓低了聲線：「千萬別讓老爺子知道就對了。」

「行行行，」葉勇點頭，又道：「倒是說起司徒師傅，他跑到那去了？正叔也不見了。」

「不知道，是不是找馬頭叔喝酒去了？」洪不問答道。

「可是師傅明天不是有中學生的課外活動班要教麼？」葉勇道：「他們幾個喝起來都是

昏天黑地的啊。」
「哦，」洪不問道：「明天那一班馬頭叔托我替他上了。」
「嘖嘖嘖，這班小鬼還真幸運，」葉勇忍不住笑：「由香港冠軍親自教的入門課程啊。」
「你就別再挖苦我，」洪不問道：「他不在，這腰帶對我而言沒有意義。」
「好啦，」葉勇坐直了身子，語氣也變得認真起來：「拿下了這條腰帶之後，你有甚麼計劃？」
「大概是去泰國吧。」洪不問思考了好一陣子：「我有問過師傅了，他在那邊有認識的教練。」
「居然是泰國？」葉勇有點驚訝：「你不去台灣找他麼？」
這一個他，指的自然是鄭護。
在拿下了去年的香港冠軍之後，鄭護在馬頭的轉介之下，去了台灣。
而今年沒有了鄭護，洪不問毫無懸念地拿下了冠軍腰帶。
「不，我得把『單槍』研磨得再銳利一點。」洪不問搖搖頭：「泰國那邊的風格比較適合。」
「雖然得繞上一點遠路。」洪不問笑道：「但一切順利的話，還是會在大型比賽中遇上吧。」
「講起那個傢伙，他最近有找過你麼，」葉勇點頭：「我這邊很久沒有消息了。」
「有呀，」洪不問摸出了電話，點開了短訊欄：「他今早傳了短訊給我。」

短訊，SMS那個短訊，不是訊息。

在最上面的兩道短訊，都顯示來自「鄭護」。

第一套是文字：「這裡的人都很弓虫，真令人開心。」

「很弓虫是甚麼意義？」葉勇皺眉，將頭移近電話。

「我也想了很久。」洪不問笑道：「我想他應該是不會打『強』字。」

「……」葉勇無語：「你這樣說好像很合理……」

第二封是一張相片，裡面是一張鄭護的自拍，四個擂台錯落在他的後方，邊上放著一整排沙包，但幾乎每一個沙包都有人站在前面。

對焦不清，前鏡頭像素又低，鄭護的臉看起來有點糊糊的，但還是能清楚看到臉頰有一邊腫起來了，應該是剛被修理過一頓。

「我現在才知道原來短訊可以傳照片。」洪不問笑得電話都拿不穩了。

「……說真的，」葉勇答道：「我也是。」